거리 두기 시대

석현수 에세이집

거리 두기 시대

인쇄 | 2021년 8월 30일
발행 | 2021년 9월 1일

글쓴이 | 석현수
펴낸이 | 장호병
펴낸곳 | 북랜드
     06252 서울 강남구 강남대로 320, 황화빌딩 1108호
     41965 대구시 중구 명륜로12길 64(남산동)
     대표전화 (02)732-4574, (053)252-9114
     팩시밀리 (02)734-4574, (053)252-9334
     등록일 | 1999년 11월 11일
     등록번호 | 제13-615호
     홈페이지 | www.bookland.co.kr
     이-메일 | bookland@hanmail.net

책임편집 | 김인옥
교   열 | 전은경 배성숙

ISBN 978-89-7787-044-4 03810
ISBN 978-89-7787-045-1 05810 (E-book)

값 12,000원

거리 두기 시대

석현수 에세이집

북랜드

　　개인적으로 수필을 만난 지 강산이 한 번 변했다. 틈나는 대로 문장과 벗하며 재미있는 시간을 보냈다. 불행 중 다행으로 코로나19로 인해 책상에 앉아있는 시간이 많아지게 되어 좋았다. 바쁘다는 핑계로 읽어 보지도 않고 이름만 꿰던 작품에 대한 궁금증을 풀 기회가 되었기 때문이다.

　　도입부에는 주로 코로나19 시대에 걸 맞는 소재가 주가 되어있다. 전국을 강타한 트로트의 열풍이 큰 위로가 되어주었다. 우리 수필이 대부분 미문美文의 서정抒情에 흘러있다는 지적을 자주 받고 있다. 하지만 그것은 지적이 아니라 칭찬받을 일일 것이다. 동양권의 수필은 원래 바탕이 서정적이지 않은가.

이러한 이유에서 의도적으로 서구적인 에세이 모양을 취해본 것도 많이 있다. 논설이나 평론에 가까운 건조한 문제가 부담이 되지 않을까 조심스러웠다. 필자의 글쓰기 지향점이 베이컨의 포말에세이Formal Essay에 있기에 이 부분에 많은 지면을 할애하였다.

배움의 길은 까마득한데 해는 벌써 저물어가는 듯. 저녁노을이 아름답다고 느껴지는 나이다. 벌써 내릴 준비를 하는 주위 사람들로 주의가 자주 산만해지고 있다. 종착역이 가까워지나 보다. 얼마나 더 오래 글을 쓸 수 있을지 모르겠다. 좋은 글로 다시 만날 수 있기를. 또 한 번의 다짐을 더 해 본다.

2021년 盛夏의 계절에

석 현 수 절

차례

● 서문

1 베짱이의 배짱

앵두나무에 대한 회상 2

3 유품, 치워드립니다

절제로 행복을 논하다 4

에세이스트인가? 수필가인가? 5

베짱이의 배짱

코로나 생채기들

한두 달 만에 끝날 것 같았던 전염병이 벌써 해가 바뀌었다. 긴 시간 동안 그 많은 불편을 어떻게 다 말로 표현할 수 있을까? 새롭게 등장하여 서툴기만 했던 용어들이 이제는 몸에 익어 하나의 습관이 되고 풍습으로 자리매김했다. 마치 천연두가 고운 얼굴에 흉측스러운 '마맛자국'을 남겨 두고두고 우리를 괴롭혔던 일처럼. 코로나가 남긴 것들 또한 이에 못지않게 우리에게 깊은 생채기를 남긴 것들이 많다.

가장 먼저 사회적 거리 두기다.

처음에는 무척 생소하게 들리더니만 코로나가 아니더라도 현대인들의 이기심에 맞아떨어지는 구호가 되어서인지 이내 낯설지가 않았다. 그렇지 않아도 자기 앞가림만을 하려 드는 세대들이어서 이상한 구호가 등장했다. 좋아하던 국민 단결 구호 "뭉치면 살고 흩어지면 죽는다"가 눈 깜짝

할 사이에 "뭉치면 죽고 헤어져야 산다"로 둔갑했다. 거리 두기의 단계별 조치는 모임 장소에 따라 100명이, 50명이, 10명이 마지막에는 5인 이상이 금지되었다.

추석을 맞아 고향 방문을 자제하자는 캠페인이 벌어졌다. 비록 부모와 자식 간의 일일 망정 사회적 거리 두기를 지켜 달라는 주문이다. 예전 같았으면 명절에 부모님을 찾아보지 않은 이는 불효자였다. 색다른 현수막이 등장하였다. 대부분 취약계층인 기저질환 노인들이 사시는 고향 집을 방문하지 말라는 현수막이다. 방문이 오히려 불효자가 된다는 역발상이 '불효자는 웁니다'였다. 설 명절에는 이동통신 3사에서 화상통화로 세배를 드릴 수 있도록 통화료를 부담하여 주기도 했다. 큰 명절에는 고속도로 통행료가 무료였던 것이 유료로 바뀌어 고향 방문의 매력을 감소시켰다.

다음은 마스크 쓰기다.

답답하니 코만 내놓고 하는 '코마: 코마스크', 쓰나 마나 한 턱에 걸친 '턱마: 턱 마스크, 입 아래로 숨 쉬겠다며 입은 살짝 내놓은 '입마: 입 마스크', 엉성하게 쓴 '엄마: 엄마가 쓴 엉터리 마스크' 광고가 웃음거리를 만들어 주기도 했다. 미국에서는 대통령마저도 의도적으로 마스크를 쓰지 않으려고 버텼다가 여론의 뭇매를 맞고서야 겨우 억지 춘향으로 마스트 착용 흉내를 내기도 했다. 서양 문화권에서는 범죄자들이 얼굴 가리ro 용으로 많이 썼기 때문이라는 구차한 설명도 나돌았다. 마스크 덕분에 우리나라는 방역 모범국이 되어 코로나19의 피해를 최소화할 수 있었다.

온택Ontack이 대면對面이라면 언택Untack은 비대면非對面이다. 모든 원서나 민원 접수는 모두 인터넷 접수로만 진행되었다. 상가喪家의 부의賻儀도 결혼 축의祝儀도 모두 계좌 송금 요구가 노골화되었다. 택배는 현관문 앞에 놓고 그냥 간다. 외식은 모두 가정배달식으로 바뀌었다. 배송하는 '배달민족'의 오토바이가 아파트 현관 앞에 문전성시를 이룬다. 매 주말이면 어김없이 '이번 주가 고비'라고 하는 반복된 연기가 두 번이면 한 달이 지나갔다. 그러다 보니 어느덧 한 해가 저물었다.

학생들이 가장 큰 피해를 보았다.

학교는 입학식도 없고 졸업식도 없이 만나고 헤어진다. 인터넷 강좌로 겨우 선생님 얼굴을 익힐 뿐, 내 짝꿍, 우리반 아이, 우리 학교 학생이란 의미도 느낄 수 없다. 어깨동무나 말타기 공놀이는 생각도 못 하니 학창 생활의 추억도 없다.

코로나19가 학교 현장을 덮친 올해 쌍둥이 아들들은 고2

다. 고1도 고3도 아니라서 감사하다. 올해 고3은 수능이 한 차례 미뤄졌고 코로나19 대유행 상황에서 입시를 치렀다. 1년 내내 일정의 불확실성, 대면 최소화 원칙과 낯설고 힘든 싸움을 했다. 초중고 1학년은 '코로나 신입생'이다. 새 학교에 적응하고 새 친구도 사귀어야 하지만 한 달에 학교 간 날이 손에 꼽을 정도다.

원격수업에 따른 학습 결손은 학교마다 달랐다. 공통점은 사립초등학교, 특수목적고등학교 등 학비가 비싼 학교는 나름 돈값을 했다는 점이다. 초등생 학부모는 사립초등학교에서 원격수업인 체육 시간에도 학생들에게 운동복을 입혀 체조를 시켰다고 부러워했다. 차관급 공무원은 쌍방향 온라인 수업하느라 종일 모니터 앞에 앉아 있는 특목고 딸이 안쓰러워 대형 모니터를 샀다고 했다. 일반고에 다니는 아들들은 영상을 몰아보거나, 온라인 수업을 하면서 다른 기기로 게임을 하곤 했다. 그래도 재택근무를 할 때 수업 상황을 점검하고, 식사를 챙겨주거나 최소한 배달이라도 시켰다. 맞벌이 학부모 중에서는 나은 수준일 것이라고 스스로 위안으로 삼았다. 손이 많이 가는 저학년이 아니어서 더 나았을 것이다.

사회 구성원 각자가 겪은 코로나19 피해는 자신이 처한 사회적, 물리적 환경에 따라 달랐다. 가난할수록 피해가 컸다. 제대로 된 돌봄이 없이 끊긴 급식에 밥을 걱정해야 하는 상황에서 기초학력을 논하는 것은 사치일 수 있다. '인천 라면 형제' 비극이 그렇다. 정상적인 교육이 시작되면 '코로나 신입생' 중에서 기초학력을 갖지 못한 학생들은 진행되는 교육을 따라가지 못해 학력 격차가 더 벌어질 것이다. 돌봄과 교육의 심각한 격차가 더 벌어지는 것을 그대로 둘 수는 없다. 그것은 건강한 사회를 포기하는 것이다.

곧 새해다. 코로나19는 여전히 우리 곁에 남아 언제라도 학교가 원격수업으로 돌아갈 수 있다고 위협하고 있다. 올해야 모르고 당했지만, 내년에도 똑같은 일을 당한다면 그것은 무능한 일이다. 대책의 최우선 순위는 지금의 사회 구조에 어떤 책임도 없는 취약계층의 어린이여야 한다. 미국의 '아동 낙오방지법', '모든 학생 성공법'까지는 아니어도 사회가 전체적으로 무엇인가를 해야 한다.

나훈아를 좋아하는 이유

코로나 때문에 바깥 활동이 줄어드니 웃음거리가 줄어든
다. 설상가상으로 방송프로그램에 개그프로그램도 없어져
버렸다. 코미디언들은 각자도생으로 흩어졌고 몇몇 입심
깨나 쓰는 이들은 다른 오락프로그램으로 더부살이를 떠났
다. 이러다 영영 웃음이 없어질까 두렵다. 다행히 소리 소문
없이 지내던 나훈아가 대한민국 어게인으로 큰 무대를 차
려줘서 생기를 되찾고 있으니 얼마나 다행인지.

'대한민국 어게인' 잔치에서는 난데없이 소크라테스를 형
님으로 모셔내어 나羅씨 가문 족보에 올렸다. 나훈아는 몰
라도 소크라테스가 이 가수의 형님 된다는 것은 삼척동자
도 다 안다. 그렇더라도 나로서는 나훈아에게 투정을 부리
고 싶다. 큰 행사라서 그런지, 오랜만에 인사드리는 곳이라
서 그런지 가사가 너무 점잖아서 사투리 양념을 좀 쳐 주었
으면 좋지 않았을까 싶었다. 대한민국의 표준어는 교양 있

는 사람들이 두루 쓰는 현대 서울말을 원칙으로 한다는 것에 충실해 버려서 나훈아다운 탁 쏘는 맛이 실종되었기 때문이다. 다행히 나훈아를 좋아하는 가수들이 다투어 사투리 버전으로 후속곡을 쏟아냈다. 나훈아 제품이라면 사투리로 버무려야 제맛이 난다는 것을 알아차린 것이다.

우짜다가 한바탕 턱 빠지구로 웃는다. / 그래가꼬 아품을 그 웃음에 묻어삔다. / 그저 와뿐 오늘이 고맙기는 한다 케도/ 디지도 온다 카는 또 내일이 쪼린다. / 아! 테스 행님아/ 세상이 와 이카노 와 이로코롬 빡시노. / 아! 테스 행님아/ 소크라테스 행님아 사랑은 또 와 이라노/ 니 꼬라지 알라꼬 쎄리뿌고 가뿐 말을/ 내가 우예 알그쏘 모르그따 테스 행님아/

후나 니가 찾아서 저승에서 와뿟데이/ 우찌 그리 불러싼노 시끄러버 죽갔다./
이 세상이 애립뜨나?/ 저세상도 빡시데이/ 죽고 나면 땡이니 알라 카지 마라 이 친구야/ 아 후나야 세상이 빡시제이/ 다 그런 거 아이가/ 아 후나야 나훈아 동상아/ 해 뜰 날 또 올 기다야/ 니 꼬라지 알라꼬 툭 내뱉어뿌리고 가뿐다./

이 나이에 좀 머쓱한 것 같겠지만 나는 나훈아를 무척 좋아한다. 여러 가지 이유야 있겠지만 몇 가지를 든다면 우선 나이가 동갑내기 정해생丁亥生 돼지띠라는 것, 공군空軍에서 같은 부대에 몸담았다는 것, 잘생기지 않았다는 점에서 얼굴에 질투심을 가지지 않아도 안심이 된다는 것 등이다. 여럿 중 하나만 콕 집어 말해보라면 나훈아의 신토불이身土不二 토종土種급 '사투리' 구사 능력일 것이다. 이곳저곳 다니며 나훈아 예찬론을 펼치지만 나는 이 가수의 창법보다 그가 쓰는 천재적 재능의 노랫말에 반해있다. 아래 소개하는 가사는 애절하고 구성진 한 편의 애정 시詩로 대접해 주어도 조금도 부족함이 없을 것이다. '아이라예' 한 곡을 예를 들어 보겠다.

〈아이라예〉
"니 내를 사랑하나?" "아이라예"
"거라면 싫어하나?" "아이라예"/
아이라예, 아이라예, 수줍어하던 그 사람이 생각이 난다.
손목 한 번 잡는 것도 눈치 보였고,
언감생심 키스까지, 천만의 말씀/
"몰라예, 아이라예, 부끄러버예"
보고 싶다, 부산 아가씨.

"내 니를 우째 하꼬?" "모릅니더."
"거라면, 누가 아노?" "모릅니더."/
모릅니더, 모릅니더, 얼굴 붉히던, 첫사랑이 그리워진다.
펄펄 끓는 타는 가슴, 콩닥거렸고,

보다뎀고 싶었지만, 천만의 말씀,/
"몰라예, 아이라예, 부끄러버예."
보고 싶다, 부산 아가씨.

　이 삭막한 코로나19 난리 통에 웬 떡이야! 트로트 열전 노래자랑에 참가한 어떤 가수가 이 노래를 불러 결승전까지 올라갔다. 나로서야 나훈아를 자주 볼 수 없으니 대신 부르는 노래도 감지덕지다. 개그가 섞인 사투리 노래가 그래도 꽉 막힌 숨통을 뚫어주는 구석이 있어 참 좋다. 위의 가사를 굳이 표준어로 번역까지 할 필요가 있을까? '보다뎀고'는 '안아보고' 한 단어 정도면 되겠지. 나훈아의 노랫말이 더 많이 음악에 실려 '투박한', '토속적인', '구수한' 우리 노래가 되어 지치고 힘든 사람들 곁에 자주 있어주면 좋겠다.

'춘자야'

    코로나19가 휩쓸고 있는 세상은 온통 쑥대밭이다. 이런 와중에도 다행히 우리는 K-방역이란 이름으로 방역 모범국 타이틀을 거머쥐었다. 마스크가 큰 공을 세웠다고들 하지만 이보다 더 큰 기여는 '트로트'가 아니었나 싶다. 사회적 거리 두기로 발이 묶이는 처지에 안방에서 살아날 수 있는 유일한 방법은 우리식 노래의 재발견이었다. 우리는 원래 가무歌舞를 좋아하는 DNA를 가진 민족인가 보다. 한번 붙은 트로트의 열풍은 사라질 줄 모르고 노래에 살고 노래에 목숨 걸고 있다.

    지난봄에는 미스 트로트가, 여름에는 미스터 트로트가, 한 해가 저물어 갈 때는 어린이 트로트까지 등장했다. 그동안 뽕짝이라며 괄시받았던 것들이 저마다 일어나 패자 부활전이라도 치르는 듯했다. 대한민국의 음악이란 애국가 빼놓고는 모두 트로트로 통일되었다. 지긋지긋한 세계적

질병의 참극慘劇도 잊은 채 '트로트여 영원하라!'를 외치고 있다. 이 철 지난 네 박자의 유행가의 광기가 아니었다면 우리는 과연 Corona Blue를 어떻게 헤쳐나올 수 있었을까.

음치인 나도 아내의 지도 덕분에 '춘자야'란 노래를 읊을 줄 안다. '춘자'는 해방 이후 유행했던 일본식 여자 이름이다. 피천득에 '인연'에 나오는 '아사꼬'처럼 그러하다. 춘자는 '하루꼬'일 테고 봄에 낳은 아이라는 의미를 가질 것이다. 여하튼 목포 건달이 선술집 아가씨와의 연정을 노래한 것이지만 이 난국에는 불후의 명곡도 명화도 싫다. 그냥 배꼽을 잡고 지금을 웃고 지내고 싶다. 특히나 김 모 젊은 가수가 무대 위에서 저돌적으로 발산하는 건달 역이 맘에 들었다. 불러도 또 불러도 들어도 또 들어도 싫지 않은 '춘자야'.

호랑이도 제 말 하면 나온다더니 내게도 '춘자'와의 인연이 생겼다. 독감 예방 주사를 맞으러 갔을 때의 일이다. 70세 이상은 정해준 날짜에 해당하는 병원에 가야 무료접종이 가능하다. 언제부터 언제까지라는 단서가 붙어있어 접종 첫날은 노인들끼리 큰 혼잡을 이룬다. 또래의 노인들은 무질서 속을 경험한 세대여서 그런지 별것 아닌 것에도 엎치락뒤치락한다. 혹시라도 주사약이 모자랄까 하는 조바심 때문이리라. 이 북새통 속에서 나는 우연히 '춘자'라는 이름을 익힐 수 있었다.

생년월일 ○○년 ○월 ○일생. 이름은 ○춘자, 할머니의
신상정보를 대필해 주는 할아버지는 가는귀먹었는지 잘 알
아듣지 못해 '뭐라고?'을 자꾸 반복하고 있었다. 호흡이 맞
지 않는 두 늙은이의 목소리는 높아만 갔다. 조용히 하라는
옆 노인들의 핀잔에 할머니는 더 당황하여 생년월일과 이
름 세 자를 반복하고 있었다. 할머니의 이름이 춘자라는 것
과 그 할머니가 나와 동갑내기라는 것도 알았다. 이후 자연
스레 마을 병원에서도 몇 번 얼굴을 익힐 기회가 있었으니
할머니도 나처럼 고혈압과 당뇨약을 타러 와야 하는 처지
였다. 이쯤 되면 할머니는 병원 동급생으로 확실한 인연이
이어진 것으로 보아도 무난할 것이다.

세상에 이런 일이. 춘자 할머니가 오랫동안 보이지 않는
다. 올해 겨울 모진 한파를 어떻게 견뎌 내고 있을까? 그나
저나 고위험군 노약자 부류에 속하시니 코로나19 정국에
안전치 못했을지도 모른다는 생각에 덜컹 겁이 났다. 변고
란 언제든 올 수 있는 나이들이 아니던가. 체중을 감당하지
못해 뒤뚱뒤뚱 오리걸음을 걸었던 지난가을이 마지막 대면
이 되고 말았다. 할머니를 더 볼 수가 없었다.

나는 젊을 때 백바지도 백구두도 몰랐고 목포항을 주름
잡던 건달 축에도 끼지 못했으며 선술집에서 술을 마실 위
인도 되지 못했다. 꽃의 이름으로 태어난 모든 꽃은 아름답

다고 했는데. 한때는 봄꽃이었을 '춘자'. 뱃머리에서 눈물짓던 '춘자'라는 이름을 떠올려본다.

춘자야/ 보고 싶구나/ 그 옛날 선술집이/ 생각나는구나./ 목포항 뱃머리에서/ 눈물짓던 춘자야/ 그 어느 하늘 아래/ 살고 있는지/ 내 사랑 춘자야//

'춘자야'는 코로나19가 안방까지 배달시킨 큰 선물이다. 노래를 들으면 들을수록 할머니의 생사가 궁금해졌다. 다행히도 21년 3월 24일 할머니께서 공원에 모습을 나타내셨다. 겨울 추위와 코로나19를 피해 동안거冬安居라도 했던 모양이다. 멀쩡한 할머니를 두고 오두방정을 떨었다니 세상에 이런 결례가 어디 있나. 나는 할머니께 큰 죄를 지은 셈이다. 옛 속담에 죽었다고 소문나면 그 사람 더 오래 산다고 하는 말을 믿어야 할 참이다. 혹여 이 글이 할머니 오래 사시라는 축원의 글이 되었으면 참 좋겠다.

베짱이의 배짱

Writer는 작가다. Writer는 문학을 하는 사람이다. Sing a Song Writer는 가사 쓰고 문학 하는 베짱이다. 2018년 Sing a Song Writer가 노벨상 문학상을 탔다. 밥 딜런Bob Dylan이란 베짱이다. 노랫말이 곧 그의 시詩였고 평화를 염원하는 간절함이 있다고 했다. 수상자로 선정 이유였다.

"얼마나 많은 세월을 살아야 자유로워질 수 있으려나 얼마나 많이 고개를 돌려야 모른 척할 수 있을까? 친구여, 묻지를 마라. 그건 바람만이 아는 대답이라네"

시詩 〈바람만이 아는 대답Blowing in the wind〉이 한때 세상을 덮었다. 세계는 놀라며 경의를 표했으나 밥 딜런Bob Dylan 자신은 정작 그는 큰 상 유명세에 관심이 없어 세상 속으로 숨어버린 해프닝도 벌였다.

2020 대한민국 어게인. 코로나19로 얼어붙은 세상을 위로하기 위한 가수 나훈아의 재능기부 시간이었다. 이름 앞에 가황歌皇이란 수식어가 전혀 어색해 보이지 않았다. 랜선 Lan線을 타고 전 세계로 생중계되었으며 열기는 너무나 뜨거웠다.

> "생각이 난다. 홍시가 열리면 울 엄마가 생각이 난다. / 회초리 치고 돌아앉아 우시던 울 엄마가 생각이 난다. / 바람 불면 감기 들세라 안 먹어서 약해질세라. / 힘든 세상 뒤처질세라 사랑 땜에 아파할세라"

나훈아도 밥 딜런처럼 Sing a Song Writer다. '홍시'란 시를 쓴 문학가다. 어머니에 관한 시詩들은 참 많다. 그러나 나훈아의 '홍시' 속의 어머니는 별다르다. 마음을 저리게 한다. 시리고 아프게 한다. 가사는 가수의 노래라기보다는 가황歌皇이라는 시성詩聖의 절규 같은 감동을 주었다.

테스 형 때문에 모두가 턱 빠지게 웃었다. 그리고 코로나19의 아픔을 웃음 속에 묻었다. 철학자에게 기대어 묻고 물어도 '나 자신을 알지 못하였노라'라는 가황의 넋두리. 패러독스paradox. 저세상도 가 본 사람이나 알지. 살아있는 내가 어찌 알겠소. 모두가 한 번쯤 해 본 헛소리려니. 어깃장 놓고 있는 시인詩人 나훈아. 바람만이 아는 답이란 걸 모를 리

없겠지만.

"어쩌다가 한바탕 턱 빠지게 웃는다./ 그리고는 아픔을 그 웃
음에 묻는다./ 그저 와준 오늘이 고맙기는 하여도,/ 죽어도 오고
마는 또 내일이 두렵다./ 아 테스 형, 세상이 왜 이래 왜 이렇게
힘들어./ 아 테스 형 소크라테스 형"

고향, 사랑, 인생. 압도적 스케일. 중간마다 쉼 없이 던지
는 철학자보다 더 철학적인 멘트가 우리 마음을 달래주었
다. 대한민국 어게인. 부디 한 번 더 해 보는 거야. 나훈아가
직접 짓고 노래한 곡이 800여 곡, 한 곡 만드는 데 보통 6개
월 이상 걸린다고? 아니 그보다 더 8개월, 1년도 더 걸린다
고 했다. 나훈아라면 노래가 800이면 시詩가 800편이란 말
과 무엇 다르랴. 한 질帙 분량의 시집詩集이다. "노래하는 사
람들은 영혼이 자유로워야 한다."라며 훈장勳章에 손사래
치고 "내려와야 할 시간"이라며 오래오래 노래 부르라는 문
답에 곧 가황歌皇의 자리도 내놓을 거란다. "세월에 끌려가
지 말고 그놈의 목을 딱 비틀고 가야 한다."며 가는 세월에
도전장挑戰狀을 내미는 베짱이 시인의 숱한 어록들. 베짱이
의 배짱. 세계는 머지않아 밥 딜런Bob Dylan에 이어 대한민
국 가수 나훈아의 세계 노벨문학상 수상 소식이 전해지고

그 역시 큰 상을 거절하고 잠적해 버렸다는 뉴스를 듣게 될지도 모른다. 그런 날이 오기를 기다리며.

- 2020. 9. 30. 대한민국 어게인 콘서트를 보고

≪데카메론≫ 그리고 '트로트'

흑사병과 코로나19는 둘 다 인류에게 큰 재앙이었다. 이러한 재앙을 슬기롭게 극복해 나갔던 조상들의 이야기와 오늘 우리의 모습을 살펴보니 하늘이 무너져도 솟아날 구멍이 있다는 말을 실감하게 한다. 흑사병이 만연했던 600년 전 이탈리아에서 ≪데카메론≫이란 책이 꾸준히 잘 팔리는 책steady seller이 되어 국민들의 관심을 한곳으로 묶어 놓았다면, 21세기 대한민국은 코로나19로 방 안에 갇힌 채 트로트란 대중음악에 기대어 위기를 극복하고 있다. 한 권의 통속소설과 대중음악이 괴질로 얼어붙은 나라의 긴장을 풀어주고 희망의 방편이 되어 주었다는 것을 간과看過해서는 아니 될 것이다.

　□ ≪데카메론≫에 대하여
1348년에 이탈리아 피렌체에는 흑사병이 유행하였다.

당시의 피렌체의 작가였던 보카치오Boccaccio(1313~1375)도 예외일 수는 없었다. 그도 아버지와 어머니를 페스트로 잃었고 수많은 이웃 친구들이 죽어가는 참혹한 현실을 목격하게 되었다. 작가는 지금의 사회적 거리 두기라는 개념을 그의 작품에 도입하여 이야기를 꾸려나가게 된다. 이 책이 그 유명한 ≪데카메론Decameron≫이란 소설이다.

≪데카메론≫은 그리스어로 '10일'이란 뜻이다. 소설의 구성은 이러하다. 10명의 남녀(신사 3, 숙녀 7명)를 표본으로 삼아 이들을 질병이 만연한 도시로부터 격리하는 상상을 해 보는 것이었다. 역병疫病을 피해 '피에솔레Fiesole'의 계곡에 있는 어느 부호 별장에 격리해 집단 방역을 하는 설정으로 이야기가 시작된다. 10명의 남녀가 열흘이라는 기간 한 사람당 열 가지 이야기를 하는 모양새를 취하였다. 100개의 단편을 만들어서 한 권의 책으로 묶어내니 이것이 ≪데카메론≫의 탄생이다. 100개의 이야기는 어떤 큰 줄거리를 가지고 연관성을 가지는 것이 아니어서 그날그날 하룻밤 사이의 배꼽만 잡으면 된다는 계산이었다.

≪아라비안나이트≫에 나오는 술탄Sultan의 왕비 샤흐라자드Scheherazade가 밤마다 재미있는 이야기를 꾸며내어 그날그날을 무사히 넘기려 했던 천일야화千一夜話를 많이 닮

아있다. 이런 맥락에서 ≪데카메론≫을 '10일의 이야기'라고 하기도 한다. 남녀 혼성의 집단이 한곳에서 지내는 공동생활을 바탕으로 전개해야 하는 단편들이니 당연히 십인십색十人十色의 색깔이 나는 농염濃艶한 남녀상열지사男女相悅之詞가 안성맞춤이었을 것이다. 윤리와 도덕으로 앞세운 점잖은 것보다는 사람의 관능官能을 자극하는 통속적인 것으로 관심을 이어가야 했을 것이다. 한편 한 편마다 일인백역一人百役의 카멜레온 같은 작가의 변신과 이에 따르는 기지奇智가 놀랍기만 하다.

지체 높은 분들이나 하인에 이르기까지 인간은 결국 속물근성을 다 가지고 있다. ≪데카메론≫에서도 역시 왕실, 귀족, 수도자 등을 주된 조롱의 대상으로 삼았다. 모든 이야기가 천편일률적으로 혁대 아래의 것들로 가득하여 문학적 가치란 크게 평가받을 만한 것이 못 된다 하더라도 보카치오가 크게 염려하지 않았을 것이다. 일단은 많이 팔리고 읽히면 충분히 책의 역할을 다 한다고 생각했었겠지. 장터에서는 웃고 울리는 데는 오케스트라보다는 각설이 타령이 더 안성맞춤이지 않던가.

그렇지만 문학사적으로는 ≪데카메론≫이 대단히 중요한 대접을 받고 있다. 그 이유는 이전까지 모두 운문으로만 존재했던 글이 보카치오를 기점으로 산문으로 그 형태를 달리했다는 점을 높게 평가하기 때문이다. 이런 이유에서 ≪데카메론≫을 근대소설의 효시嚆矢라고 부르기도 한다. 아울러 오랫동안 신神이 중심이 되어 기독교 교리에 충실한 작품만을 고집해 오다가, 인간 중심의 작품으로 방향 전환을 했다는 점에서 문예 부흥의 서막을 올리기 시작했다는 평가도 받고 있다. 단테의 ≪신곡神曲≫에 반해, 보카치오의 ≪데카메론≫을 인곡人曲이라 부르는 이유가 그러하다. 그의 작품 연보年報에는 ≪데카메론≫의 집필 기간이 5년으로 표시되고 있으니 당시 흑사병은 꽤 오랫동안 만연했던 것으로 미루어볼 수 있겠다.

□ 트로트에 대하여

2020년 2월 우리나라에는 코로나19가 전파되어 사회를 크게 혼란의 도가니 속에 몰아넣었다. 정부의 통제와 국민들의 높은 방역 의식 덕분에 어려움을 견뎌내고 있으나 사회적 거리 두기로 집 안에만 머물러 온통 트로트에 열중하여 긴 시간을 집에서 보내야 했다. 사회적 거리 두기에서 서로와의 교감이란 TV 화면을 통해 공감대를 이루는 것 외에는 마땅한 방도가 없다. 처음에는 미스 트로트로 시작해서 불이 붙더니 미스터 트로트로 옮아갔고 심지어 어린이 트로트, 트로트 전국체전까지 나와 2020년을 기점으로 트로트는 한국인 음악의 대명사가 되었다.

트로트는 그동안 내로라하는 정상급의 가수 노래가 아니면 크게 주목을 받지 못했다. 그러나 지금은 유명 무명을 떠나 트로트라는 명찰만 달고 나와도 귀한 예술인 대접을 받고 있다. 나이 불문 성별 불문이다. 무조건 무조건이다. 대단원大團圓은 오랫동안 볼 수 없었던 지난날의 트로트 황제라는 모 가수가 특별 무대를 만들어 트로트로 추석 명절을 융단 폭격해 버린 일이다. 그가 새롭게 선보인 '테스 형'은 다음 날에 정가政街에까지 스며들어 '세상이 왜 이래'라는 피켓이 국회에까지 등장하기도 했다. 서양에서 페스트가 '데카메론'의 계기를 만들어 주었다면, 우리에게 코로나 19는 잠자던 '트로트'를 부활시켜 국민 위무慰撫의 도구로 만들어 주었다.

한국의 트로트가 일본으로 건너가서 '엔카'의 원조가 되었다는 소식이 참 반가웠다. 진위를 알기까지는 시간이 걸리겠지만 우선 듣던 중 반가운 소리다. 트로트 그동안 고생 많이 했구나. 이른바 '뽕짝 논쟁'으로 까지 번지며 괄시恝視를 받지 않았던가. 지나친 애수의 감정을 담고 있어 퇴폐적이고 건전하지 못하다는 평가는 일본 것이라는 선입견이 앞섰기 때문이리라. 애수의 감정은 많을수록 좋은 것 아닌가? 국악을 공부하던 젊은이도 서양악을 전공하던 유학파들도 트로트 대열에 합류하고 있으니 신토불이의 음악이 되어 트로트 천하지대본天下之大本을 이루고 있다.

　모두가 방에 갇혀 갑갑했기에 한 해가 몹시 길게 느껴졌지만 얻은 것치고는 잃은 것이 너무 많아 억울하기 짝이 없다. 그러나 이삭 줍는 마음으로 뒤돌아보니 조그만 이利를 챙긴 것도 있다. 부피가 장난 아닌 ≪데카메론≫에 탐닉耽溺하기도 하고, 대중음악에 눈을 떠 유행가 한 소절을 흥얼댈 수 있는 음악성도 키웠으니 이게 어딘가. 더하여 영어 단어와 우리말 각각 하나씩 기억에 주워 담은 것도 빼놓을 수 없다. 영어단어 pandemic대역병과 '트롯', '트롯트' '트로트'의 표기에서 맨 마지막 것을 짚을 수 있는 국어 실력 향상, 역병이 흘리고 지나간 작은 이삭들을 주운 것이다.

마라톤, 그 하찮은 것에 대하여

　일흔다섯의 나이에 달리기를 시작했다. 정확히 말해 마라톤이 아니라 건강 달리기다. 속도는 속보 정도다. 그동안은 근력운동이 좋다기에 공원 내 운동기구에 매달리다가 문득 오랫동안 잊고 지낸 마라톤을 기억해 냈다. 제자리에서 하는 뜀뛰기보다 조금 빠른 속도로 공원에 있는 400m 트랙을 한 바퀴 시험 주행해 보았다. 괜찮았다. 호흡도 가쁘지 않았다. 나이 때문에 달리기는 불가능할 것이라는 생각을 떨쳐냈다. 다음 주에는 두 바퀴를, 또 다음 주는 세 바퀴로 늘리다 보니…. 어느덧 열 바퀴(4km)를 거뜬히 소화해 낼 수 있었다. 코로나로 문 닫고 지내는 시기이니 혼자 할 수 있는 운동치고는 괜찮았다. 지난날 마라톤을 과부를 생산해 내는 '과부 틀'이라며 진저리를 내던 아내도 운동장 트랙에서의 달리기는 안심 운동이라며 관용을 베풀고 있어 마음도 편했다.

４월에 계획되어 있던 대구 국제 마라톤 경기가 코로나19로 인해 비대면 경기로 진행한다는 방송을 한다. 마라톤을 비대면 경기로 한다면 어떻게 할 수 있을까? 방법은 이러했다. 우선 연도沿道에 시민이 없다. 금호강 강변을 달리기 때문이다. 둘째 인원을 300명으로 제한하고 있다. 거리 두기를 충분히 소화해 낼 인원이다. 스마트폰에 앱을 깔고 지원자 각자가 달리기 가능한 곳에서 스스로 기록을 측정하여 주최 측에 전송한다. 설령 1만 명이 넘는 인원이 지원하더라도 최종 선발 인원은 300명이다. 셋째 경기 종목을 둘로 줄인다. 10km와 하프(21.0970km)이다.

나는 10km에 도전장을 내밀기로 했다. 평소에 하던 대로 하면 가능할 것 같아서다. 처음 기록은 2시간이었다. 10년간을 쉬었으니 그럴 만도 했다. 그러나 한 달 사이에 한 시간 반으로 시간을 줄일 수 있었다. 나이가 있는데 이 정도면 되겠지 싶어 1시간 26분의 기록에서 경기 신청을 했다. 비대면 국제대회라니 공짜로 줍는 것 같은 기분이 들었다. 그러나 최종 발표에는 내 이름이 없었다. 보기 좋게 탈락해 버렸다. 어쩔 수 없다. 어차피 마라톤을 목적으로 하지 않았으니 웃어넘길 수밖에.

마라톤을 그만둔 지가 10년 세월이 흘렀다. 담배 피우던 사람은 담배 냄새가 10년 되어도 싫지가 않다고 한다. 마라톤도 마찬가지다. 그만둔 지 10년이 지났건만 마라톤 이야기만 들리면 귀가 솔깃해진다. 과격한 운동은 몸에 해롭다고 해도 미련이 있어서일까. 지금도 그때의 추억이 머릿속에 생생하게 되살아난다. 무슨 대단한 것도 아닌, 모두에게 나누어주는 메달들을 전리품처럼 장롱 속에 모셔놓고 회심의 미소를 짓고 있다. 마치 영화 '아마데우스Amadeus'에서 옛 궁정 음악장 살리에리Antonio Salieri가 신부님 앞에서 고백과 회상을 시작하듯, 나도 지난날 딴에는 화려했던(?) 마라톤의 추억에 잠길 때가 많다.

마라톤에 한번 발을 들여놓으면 누가 권하지 않아도 저절로 그 바닥에 충성忠誠 맹세를 하게 된다. 이를 마라톤 중독이라고 하기도 하고, 스포츠 홀릭holic이라고 하기도 한다. 말 그대로 탐닉耽溺이다. 동호인끼리 만나면 끊일 줄 모르고 마라톤 이야기가 이어진다. 마치도 군대 축구 무용담처럼 남들이 듣기 싫어해도 그들만의 이야기에 재미에 빠져 날 샐 줄 모른다.

마라톤의 진수眞髓는 '시작'과 '마무리 부분' 두 곳에 있다. 경주가 있는 날 삼삼오오로 몰려드는 달림이들의 모습은 여름밤 백열등 앞으로 모여드는 하루살이들 같았다. 뛰지 않는 내일은 모른다. 다만 뛰고 있는 오늘만 존재할 뿐이다. 준비 운동을 하는 사람들, 등 번호를 매는 사람들, 사진 한

장을 남겨 놓고 싶어 포즈를 취하는 사람들, 앞으로 4~5시간 긴 동안을 자기와의 사투를 벌여야 할 것을 염려하는 사람들, 여러 가지 모습으로 초조와 긴장감이 나돈다. 특히 출발 선상에서 풍기는 물파스 냄새는 리라 꽃향기보다 더 향기롭다. 현기증이 날 정도로 분위기를 들뜨게 하는 환각 작용을 일으킨다. 파스를 붙이고, 물파스를 바르고, 안티푸라민으로 다리의 뭉친 근육을 풀기도 한다. 이윽고 큰 소리로 카운트다운을 합창하기 시작한다. 출발은 총성으로 대신하고 큰 함성과 함께 경기에 뛰어든다. 불 속으로 돌진하는 부나비 같다. 참가자들은 소년 소녀로 돌아가 풍선이 되어 하늘로 날아가 버린다.

마무리 부분은 42.195km 도착 지점에서다. 올림픽 선수급의 에이스들은 2시간대이지만 일반인들은 4시간대만 되어도 존경받는다. 나 같은 거북이 클래스는 5시간대이지만 그래도 경이로워한다. 6시간대의 마라토너들이 가장 존경하는 것이 5시간대의 주자들이기 때문이다. 결승지점에서 1등에게만 가슴을 내밀어 테이프를 끊는 골인 장면을 연출할 수 있는 영광을 누린다. 그러나 보통의 일반 경기에서는 끝까지 포기하지 않고 기진맥진 골인하는 마지막 주자들을 위해 격려의 테이프 세리머니를 특별히 마련해 주어 추억의 사진 한 장을 남길 수 있도록 해 준다. 몸은 초주검이 되어있어도 마음은 천하를 평정하고 돌아오는 개선장군이다. '대단하십니다'를 연발하며 서로를 격려하고 다독인다. 참가자들 누구에게나 주는 메달을 자기만 받은 양 으스대며 대중교통을 이용해 귀가한다. 사람들이 시선을 보낼 때마다 베를린Berlin의 손기정 선수요 바르셀로나Barcelona의 황영조 선수가 되었다.

대구 국제마라톤 비대면 대회 예선에서 탈락한 나로서는 10년 전에 누렸던 서울 마라톤의 추억을 회상하며 위로로 삼는다. 울려 퍼지는 출발 선상의 팡파르도 없고 결승지점에서 앞으로 가슴을 쑥 내미는 사진 한 장의 기회도 잃었지만, 그냥 원래 목표대로 냅다 뛰는 동네 달리기로 되돌아와야 했다. 마라톤에 목숨 걸었던 옛이야기를 멀리하고 올해의 목표를 아담하게 재설정했다. '마라톤과 달리기는 이것에 목숨을 거는 정도인가? 아니면 운동 삼아 하는 것인가에 따라 다르다고 여기기로 했다.

'너 자신을 알라'는 테스 형의 충고를 겸허하게 받아들인다. 일주에 한 번쯤은 10km씩을 달려보는 정도의 관숙에서 그치기로 한다. 산은 거기 있어 오르듯, 길은 가까이 있어 나를 달리게 할 것이다. 예선 탈락의 선물로 방향 전환의 기회를 안겨 준 대구국제마라톤대회 주관한 분들에게 감사드리며, 빛나고 귀한 마라톤마저도 때에 따라서는 하찮게

여길 수 있는 배짱을 일러준 일흔다섯의 세월에도 감사하
고 싶다.

　마라톤, 그 하찮은(?) 것에 대한 미련을 버린다.

목사님 존경합니다

　겨우내 입고 나오는 옷이 늘 같은 색깔이다. 외모로 사람을 판단한다는 것은 죄스러운 일이지만 엄동설한 추위에도 그 흔한 패딩 한 벌 없이 지내다니. 어두운색 바지에 검정 점퍼가 어쩌면 까마귀 같다고 생각했다. 시쳇말로 있어 보이는 구멍이 하나도 없이 궁상窮狀을 떠는 모양이었다. 여인의 나이로 보아 환갑이 조금 지났을까 말까, 충분히 얼굴 단장도 하고 치레도 할 법도 한데 외모에 신경을 쓰지 않고 사는 편이었다.

　또래의 이웃들과 말을 섞는 일도 별로 없다. 마땅한 친구가 없어서 그럴지도 모르겠고 아니면 성격 탓인지 모르지만 추측하건대 이것저것 둘 다 아닌 것 같았다. 말 못 할 사연이 있거나 마음을 비우고 사는 성경 속 진복팔단眞福八端 *의 '마음이 가난한 자' 같아 보였다. 내숭을 떨고 있을 그런

---

* 진복팔단眞福八端 : 마태복음 5장 3장 여덟 가지 복

사람 같아 보이지는 않는다. 같이 모시고 나오는 할머니마저도 과묵하여 다른 사람과 말을 섞는 것을 본 적이 없다.

무슨 사연인지를 물어보았다. 생각 밖으로 친절하고 교양이 넘쳤다. 그동안의 궁금증 증폭으로 인한 오해가 전부 녹아내렸다. 부질없는 관심으로 낯모르는 분에게 큰 실례를 저질렀다. 개척교회의 여女목사님이었다. 젊을 때 신학대학원을 졸업하고 목사안수를 받은 분이셨다. 남들보다 잘 입고 잘 먹고 윤택한 생활을 한다면 목회자로서의 길이 아님을 알고 청빈을 몸소 실천하고 계신 분이었다. 세속에 찌든 때 묻은 나 같은 사람이 주제넘게도 목사님의 속내를 몰라보았다니, 내 죄가 실로 크다.

여목사님은 할머니를 모시고 운동 나온다. 일요일만 빼고는 빠지는 날이 없다. 할머니는 허리가 굽어 유모차형의 보행기를 밀며 지팡이를 대신하고 있다. 어머니는 여든 중반을 넘긴 분이거나 아흔에 가까운 분일 것이다. 모녀는 둘이 한 몸을 이루어 오직 운동에만 온 정성을 쏟아붓는다.

어머니를 극진히 모시는 여목사님이 존경스럽다. 가정에서부터 사랑을 실천하지 못하면서 어찌 이웃을 사랑할 수 있겠는가. 서양 속담에도 '자선은 가정에서부터Charity begins at home'이라는 말이 있다. 누가 무어라 해도 성직자로서 검소함을 자랑으로 삼아 외모에 돈과 시간을 빼앗기

지 않고, 부모 봉양에 이웃들의 시선을 개의치 않는 모습이
니 어찌 존경스럽지 아니할까?

목사님이 까마귀 같았다는 말이 크게 고깝게 들리지 않
았으면 좋겠다. 당신의 연로한 부모님만 오래 사신다면야,
까마귀라 부른들 어떠랴. "까마귀 새끼가 자라 사냥할 힘이
없어진 늙은 부모 새에게 먹이를 물어다 먹인다."는 사자성
어 반포지효反哺之孝의 의미를 떠올리면 혹시라도 생각이 짧
았던 나에게 죄를 묻지 않으시고 고마워하실까?

생각이 달라서

　박 원장님은 동갑내기 작가다. 이제는 퇴직했으나 늦게까지 경제활동을 했던 분으로 몇 년 전만 해도 미국계열 인재양성회사의 대구 지사장으로 일하신 분이다. 글재주는 많았으나 퇴직이 늦었고 나는 퇴직은 일찍 했으나 재주가 늦었기에 알게 모르게 마음이 연결되어 있었다. 글 모임에도 같이 나갔으나 나는 끈기가 모자라 손자 본다는 핑계로 먼 곳으로 유랑 다니다 모임 회원에서도 탈락이 되었으나, 원장님은 느긋한 끈기와 열의로 오래 남아 이 모임의 회장까지 지냈다.

　그가 첫 수필집을 상재할 즈음 축하 인사를 겸해 대구문화예술회관에서 만나 점심을 같이했다. 이런저런 회포를 나누며 재미있는 시간을 가졌다. 융숭한 대접을 받은 지도 한참 되었으니 시간이 참 빠르게 지나갔다. 헤어질 때 '우리 언젠가 다시 한번 만납시다.'라는 약속을 해 놓고 어언 4년이란 세월이 흘러버렸다. 특정하지 않은 언젠가는 하나 마나 한 약속이라더니.

≪대구문학≫ 2021년 6월호가 나왔다. 박 원장의 수필이 한 편 실렸다. 단숨에 읽었다. 그러고는 그때의 헛인사 같은 약속을 잊어버렸던 것을 후회했다. 다행히 주소록에 전화번호가 있었다. 언젠가 한 번 다시 보자는 '언젠가'를 정하고 당장 내일이라도 만나야겠다는 생각에 전화를 걸었다. 용케도 박 원장과 연결이 되었다. 우리 한번 다시 만나자는 약속은 아직도 유효하다는 것을 서로가 확인했다. '언젠가'라는 약속을 다음 날로 잡았다. 약속 장소 선정은 초대자의 몫이니 교통이 편리한 곳, 누구나 잘 알 수 있는 곳, 상대에게 큰 부담을 주지 않는 곳으로 제안해 보기로 했다.

박 원장에게 신세계백화점 8층에서 냉면 한 그릇 하자고 제안을 했고, 박 원장도 면 종류를 좋아한다며 쾌히 수락했다. 백화점 8층 식당가에 있는 '함흥냉면'이 어떠냐고 했더니 그보다는 '평양냉면'이 더 나을 거라고 해서 바로 결정을 내렸다. 시간은 다음 날인 월요일 12시 평양냉면으로 하기로 했다.

오랜만에 만나게 되는 귀한 분이니 호스트가 늦으면 낭패다. 적어도 10분 전에는 도착해서 손님을 기다리기로 했다. 이곳이라면 내가 자주 들르는 곳이어서 지하 주차장 형편이나 8층 식당가로 올라가는 엘리베이터도 몇 번인지 알고 있어 30분이나 먼저 도착하여 식당가를 둘러보고 있었다. 문제가 생겼다. 아무리 둘러보아도 평양냉면집이 없었다, 식당에 들어가 상호를 물었더니 8층이 아니라 9층에 있다고 했다. 다시 9층에 올라가 보았으나 평양냉면이 1년 전까지만 해도 있었으나 얼마 전 폐점했다고 한다. 이런 낭패. 바로 박 원장에게 전화했다. 사정을 이야기했다. 그가 제안한 곳이 폐점했다고 전하니 박 원장은 며칠 전에도 그곳에서 식사했는데 그럴 리 없다는 것이다.

박 원장은 내가 어디에 있는지를 물었다. 본인도 한참 되었다며 엘리베이터 쪽에서 기다리고 있다고 했다. 석 선생은 어디에 있느냐는 질문이다. 그럼 두 사람이 8층 엘리베이터서 서로 숨바꼭질을 하는 셈이다. 8층 엘리베이터가 여러 개가 있으니 중앙에 있는 꽃 가게가 있는 곳으로 오라고 한다. 8층을 다시 한 바퀴 돌아보았으나 꽃 가게는 보이지 않았다. 박 원장의 센스가 역시 한 수 위였다. 혹시 백화점이 다른 게 아니냐는 물음이다.

"신세계 백화점 8층 식당가입니다."

사람들은 자기중심적이다. 자신이 본 것, 자신이 자주 가는 곳, 자신이 좋아하는 것을 앞세우며 쉽게 자기중심적으로 판단을 내린다. 내가 자주 가는 곳 신세계 식당가, 내가 좋아하는 음식 냉면, 내가 주차하기 편리한 곳은 백화점 주차장이다. 보통은 대중교통을 이용하지만, 신세계에 갈 때는 승용차를 이용한다.

"석 선생님 저는 지금 현대백화점 8층 식당가에 와 있습니다."

약속 장소가 서로 달랐다. 손님은 당연히 현대백화점을 지칭한 것으로 기억하고 있었으며 그곳에 일찍부터 기다리고 있었다는 것이다. 아뿔싸 두 노인네 사이에 약속 장소가 서로 다르게 입력되었구나 하고 느꼈을 때는 이미 엎질러진 물이었다. 박 원장이 좋아하는 음식은 현대백화점 8층 식당가 냉면, 그분이 주차하기 편리한 곳은 현대백화점 주차장이었다. 하필이면 양쪽 모두 8층은 식당가이고 우연히도 함흥, 평양 두 곳 상호가 있다니.

사실 내 실력으로는 시내 번화가에 승용차를 가지고 나가는 일은 힘든 일이었다. 현대백화점은 주차장에 진입하는 방법도 모르고 있기에 뒷날로 다시 정하는 것이 어떨까 하는 생각이 들었다. 박 원장으로부터 다시 전화가 왔다. 그러면 쉬운 곳으로 장소를 바꾸도록 해 보자는 것이다. 우리는 두 사람이 같이 안다는 곳으로 이동하여 가까스로 회포를 풀 수 있었다. 신세계백화점이라고 분명히 말했다는 쪽과 분명히 현대백화점으로 들었다는 쪽의 승강이는 없었다. 서로 탓하며 노인 태를 내기에는 아직 이르다. 오히려 좋은 대화거리를 제공해 주었다며 박장대소하고 즐거운 시간을 가졌다.

정해생 돼지, 우리는 아직 젊은 늙은이들이다.

글재주를 부러워하며

　작가라면 글 쓰는 전문가가 되어야 한다. 어설프게 작가의 길로 접어들면 아마추어까지는 즐거울지 모르나 어느 선을 넘게 되는 날부터 괴로운 시간을 가지게 될 것이다. 닭장의 암탉처럼 아침이면 누군가가 어김없이 계란을 기다리면서 손을 넣어 볼 테니 말이다.

　글재주는 모두에게 주어지는 재능이 아니다. 천부적인 재능도 있긴 하겠지만 많은 사람은 글쓰기 노력과 자기 연마를 통해 작가로 성장한다. 작가의 고객은 독자다. 어느 정도 수준까지는 사랑도 받고 후한 품평도 해준다. 새로 전입한 이웃에 몇 개월간 유예기간을 주듯 어지간한 허물은 덮어주고 지난다. 서툰 모습 그대로 인정해 줄 때까지만 애교스럽게 보아준다. 나는 요즈음 들어 내가 쓰는 글에 대해 상당한 부담과 두려움을 느끼고 있다. 신문을 볼 때나, 다른 이들의 작품집을 읽을 때마다 자신의 부족함을 느끼며 소심 적어 하고 있다. 글은 역시 글 쓰는 전문가가 따로 있는 모양이라는 생각에 사로잡힌다.

자기주장을 들어주고 자신에게 시선이 모이기를 기대하며 작품을 내놓을 텐데 글재주가 일정 수준을 넘지 못하면 함량 미달의 홀대를 감수해야 한다. 자주 대형 서점에 들러 책을 고른다. 악화가 양화를 구축한다는 말처럼 시답잖은 책들 때문에 읽을 만한 책을 골라내기가 여간 어렵지 않다. 내가 낸 책들은 가판대를 거추장스럽게 만들어 고객 독자들을 혼란스럽게 하는가를 반성해 본다. 남 앞에 내놓을 만한 글, 전문 작가로서의 작품을 생각하면 글쓰기가 더욱 부담스럽고 두려워진다.

내가 뿌린 말의 씨앗이 어딘가에 뿌리를 내리고 있을지 모른다는 이해인 수녀님의 '말을 위한 기도'가 생각난다. 내가 쓴 한 줄의 글귀가 내 뒤에 오는 누군가에게 혼란을 준다면 말에 대한 씨앗보다는 책 속에 흘러 내보낸 내 글의 불씨는 책이 살아있는 한 반영구적일 것이다. 눈 위에 함부로 발자국을 남기지 말아야 한다는 작가로서의 소명 의식이 있어야 할 것이다.

나는 바른 글을 쓰고 싶다. 독자에게 신선한 청량제 같은 작가가 되고 싶다. 글재주 연마를 위해 유명작가로부터 사사師事도 받고 싶다. 씨줄과 날줄을 엮으면 천이라 할 수는 있겠지만 모든 천이 훌륭한 옷감이 될 수 없다는 것을 절실히 느끼고 있다. 훌륭한 문인들의 작품을 통해 내가 선 위치를 가늠해 본다. 그분들의 글재주를 부러워하며 언제가 아류의 작가인 나도 변두리에서 중앙으로 자리를 옮겨가는 중견작가가 될 수 있기를 희망하고 있다.

입장을 바꿔보면

Apt. 생활은 아래는 용을 밟고 위엔 호랑이를 이고 사는 형국이다. 이곳에는 정글의 법칙만 통한다. 만만하게 보이지 않아야 한다는 이유로 오만상 거지 인상을 다 쓰고 살아가고들 있다. 웃고 이齒를 보이면 낮잡아 본다고 일부러 허세를 부린다. 가는 말이 거칠어야 오는 말이 고와진다. 맹수들이 사는 정글에서 누구 좋으라고 먼저 꼬리를 내리겠는가? 살벌한 남남으로 살아가기 위해 마음에다 두꺼운 콘크리트 벽을 두르고 산다.

인사 좀 하고 살자. 아니면 하는 인사 좀 받아주기라도 하자. 개 닭 보듯 하고 살면 우린 개와 닭이 사는 동물농장에 다름 아니다. 승강기에서 멀뚱멀뚱 마주 보아야 하는 몇 초가 서로 민망하지 않는가. 서로가 돌부처인데 아는 체 먼저 손 내밀기도 무안無顔하고 한마디 말 섞기가 쉽지 않다. Apt.라고 아는 둥 마는 둥 데면데면 지내야 할 이유가 무엇이람. 이웃사촌이면 참 좋겠다.

위층 분은 내가 머리에 이고 사는 높은 분이다. 소중하게 여겨야 하지 않겠는가. 아래 분은 내 발로 그들의 머리 부분은 밟고 사는 처지이니 항상 내 쪽에서 미안해하며 고개를 숙여야 할 분이시다. 하늘天을 섬겨야 하고 땅地을 보살피며 살아가야 하는 단체생활이다. 서로 배려하고 산다면 아래위가 목숨 걸고 싸워야 할 대상이 아니지 않는가. 나도 살고 너도 사는 건 역지사지易地思之의 길밖에 없으리라.

제 팔 제가 흔들기

　내 팔 내가 흔들고 가서 내 염불念佛은 내가 드리고 오리다. 독불장군도 문제가 있지만, 옆 사람 것 쳐다보고 남 따라다니다가는 흉내 내기 수준에 머무르고 말 것이다. 글을 쓰면서 헤어날 수 없었던 것은 남들처럼 잘 쓰고 싶다는 욕망과 그들에 대한 부러움이었다. 고민이 깊어갈 때 다음 문장은 나를 추스르게 만들어 주었다.

　"가장 불행한 두더지는 다람쥐의 나무 타는 재주를 부러워하는 두더지이고 가장 불행한 다람쥐는 두더지처럼 땅 파서 안전하게 도토리를 저장할 수 없다고 생각하는 다람쥐"라는 것이었다. 말처럼 잘 달리고, 코끼리처럼 힘이 세고, 새처럼 높이 날고, 등등 모든 자질을 고루 갖춘 재능은 천년에 한 번 만날까 말까 하는 천재일우千載一遇의 존재다.

　좋은 것 다 갖추고 글 쓰고 싶다면 천년에 한 번 있을 사람이 곧 '나'이어야 할 것이다. 부족한 한 사람으로 뒤쳐지기보다는 내게 익숙한 것, 내가 좋아하는 것을 찾아서 앞으로 나가기로 했다. 나무를 올려보는 미련을 버리고, 열심히 땅을 파는 두더지가 되기로 했다. 나를 인정하고 나의 스타일로 밖을 나선다. 내 팔 내 흔들고 가서 내 불공佛供 내가 하고 오리다.

수석壽石에서 나를 읽다

"수석인이 수석을 제대로 이해한다는 의미는 값비싼 돌을 수집한다는 것도 아니고, 무턱대고 많은 돌을 소장하는 것도 아니며, 더욱이 돌로써 많은 금전을 유도해 내는 것도 아니다. 다시 말해 소장하는 돌만으로 훌륭한 수석인이 되는 것도 아니다. 예컨대 음악이 소리의 예절을 추구하며, 미술이 보임의 예절을 추구하는 행위라면, 수석은 돌이란 실물을 만지며 이리저리 돌리고 보고 상상도 하며 돌이 주는 묘한 메시지 즉, 석음石音까지 듣는 '사유와 느낌이라는 통합예절'을 전제한다."

– 석재石在 박용기 님의《수석문화》2007년에서 인용

채신머리 사나운 모자를 쓰고, 구레나룻 수염을 기른 것으로 보아 수석 속의 노인은 아마도 우리 또래인 것 같다. 그는 거품을 물고 자기주장을 하고 있으며 안개 비말飛沫로 타인들에게 피해를 주고 있다. 그에게는 시간과 장소에 가림도 없고 떠들고 있는 주제도 불분명하고 다른 사람 눈치

코치도 아랑곳하지 않는다. 혼자만 비호감非好感 인물인 줄 모르고 있을 뿐이지 이웃에게는 영락없는 '꼰대'의 모습이다.

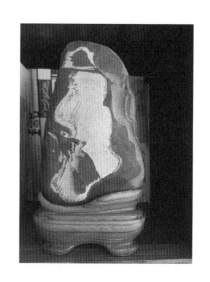

맞아 맞아, 돌 속에서 나를 읽었어. 수석아 이제부터 너는 내 거울이 되어주렴. 네 속에 담아낸 '꼰대'의 모습을 내게서 떨쳐내고 나는 노신사의 길을 가야 해. 훈계가 노인의 특허가 되던 세상이 더는 아니야. 『우리가 알아야 할 것은 유치원에서 이미 다 배웠다』는 책 제목이 그러하듯 나이 든 사람이 젊은이보다 더 많이 알 것이라는 가설假說은 억지야. '꼰대'의 다음 단계로 '틀딱'까지 가서는 안 돼. 그건 입속에서 틀니 딱딱거리는 소리를 낸다는 노인에 대한 비하의 소리이니까.

노년의 아는 체, 잘난 체, 있는 체가 가르침이 될까? 잔소리가 될까? 꼰대가 될까? 슬프게도 '틀딱'까지 될까? 입만 다물고 살아도 점잖은 노신사 소리를 들을 것을. 공연히 입을 통해 에너지를 많이 방출하고 있지 않은지? 거울아, 아니 수석아, 참 늙은이의 길을 알려다오.

"주인님, 그건 바로 입에다 재갈을 물리고 사는 길밖에 없습니다."

수석이 내게 주는 소리[石音]를 듣기 위해 나는 책장에 너를 모셔두고 반면교사反面教師로 삼을 것이다.

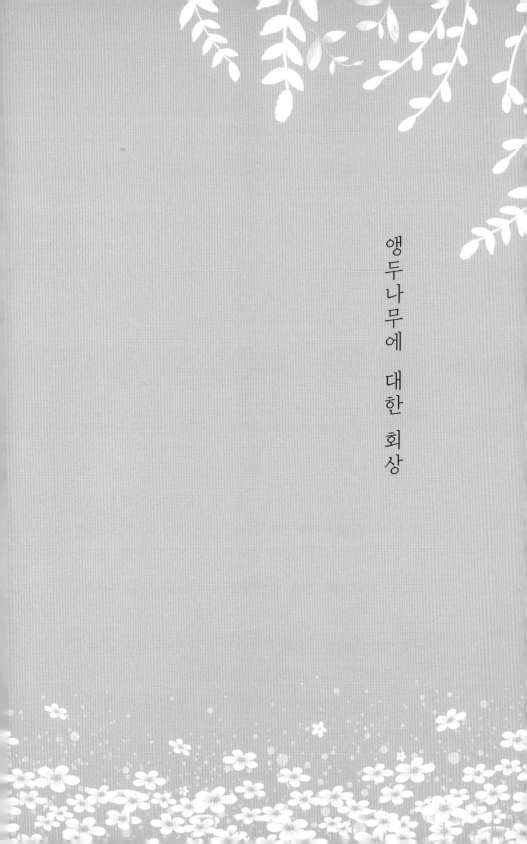

앵두나무에 대한 회상

앵두나무에 대한 회상

앵두에 대한 어릴 적 기억은 까마득하다. 먹고 싶어 했던 탐스럽고 작은 과일이 고작이다. 즐겨 불렸던 동요 한 소절에 앵두가 있었다. '아가야 나오너라 달맞이 가자 앵두 따다 실에 꿰어 목에다 걸고' 남자아이에게는 앵두를 실에 꿰어 목에 걸어본 일은 없어 노래만 기억하고 있을 뿐이다.

한국전쟁이 끝나고 어느 정도 사회질서가 잡혀가기 시작할 즈음에 서울행 도시바람이 불기 시작했다. 당연히 보릿고개는 여전했고 먹고살기가 힘들었던 때라 대도시로의 꿈은 그때부터 시작되었을 것이다. 1950년 중반에 이르러 '앵두나무 처녀'라는 노래가 상당한 촉매 작용을 하지 않았을까 싶다.

유행가는 어린아이들은 부르면 못 쓴다고 하던 때였다. 그러나 형이나 누나들이 부르던 것을 흉내 내는 정도였지만 그 가사는 지금도 기억에 남아있다. 특히 농사일에 삯꾼으로 오는 이들이 작대기로 지게 목발 장단을 쳐가며 '앵두나무 처녀'를 부르며 신세타령을 하고 하였다.

'앵두나무 처녀' 때의 시골 풍경은 전기 수도란 꿈도 꾸지 못했다. 아낙들은 아침이면 제일 먼저 하는 일이 공동우물에 가서 물동이로 물 길어 오는 것으로 일과가 시작되었다. 자연적으로 공동우물은 동네 뉴스의 발원지가 될 수밖에 없다. 밤사이 바람난 처녀들이 서울로 도망간 일과, 이로 인해 같이 단봇짐을 싸서 야반도주한 총각들 이야기가 그날의 가장 큰 뉴스였을 것이다. 앵두나무가 있는 공동우물은 상상만으로도 정겹다.

아파트 단지에 인접한 초등학교 울타리에 앵두나무가 한 그루 있다. 이 나무는 처음 학교를 지을 때부터 있던 것이지만 나무의 존재를 아는 이는 없다. 해마다 봄 오면 울타리에서 꽃을 피워 올리건만 누구도 귀한 대접을 하지 않는다. 아마도 나 같은 시골 출신 노인네 중 한둘이나 알까 말까. 조경수가 모자라 빈구석 한 곳을 메워 놓는 수준 정도의 예사 나무로 지나치고 있겠지.

옛사람들은 단순호치丹脣皓齒라 하여 미인의 조건으로 붉은 입술과 하얀 이를 최고로 꼽았다. 잘 익은 앵두의 빨간빛은 미인의 입술을 상징했으며, 앵두같이 예쁜 입술을 앵순櫻脣이라고 불렀다. 그러나 이젠 이런 형용사도 아무도 사용하지 않는다. 신파조 연극 중 대사에나 한 번쯤 나올 정도겠지. 앵두나무는 꽃도 열매도 자신의 역할을 다한 듯하다. 앵두를 먹어보지 않았으니 맛도 모르고, 앵두꽃을 본 적이 없으니 숨어 피는 꽃을 누가 알아주랴. 코로나19로 인해 세상이 온통 트로트 시대를 만났는데도 흘러간 노래 중에 '앵두나무 처녀'를 찾는 사람 한 사람 못 보았으니 원! 나무야 어떻게 너를 도와줄 방법이 없구나. 우리 세대가 사라지고 나면 너를 추억하는 이야기도 없어지고 말겠지.

> 앵두나무 우물가에 동네 처녀 바람났네
> 물동이 호밋자루 나도 몰래 내던지고
> 말만 들은 서울로 누굴 찾아서
> 이쁜이도 금순이도 단봇짐을 쌌다네.
> 석유 등잔 사랑방에 동네 총각 맥 풀렸네
> 올가을 풍년가에 장가들라 하였건만
> 신붓감이 서울로 도망갔다니
> 복돌이도 삼용이도 단봇짐을 쌌다네./
> ㅡ「앵두나무 처녀」, 한복남 작곡. 김정애 노래

이 노래를 이해 못 하는 후세대를 위해 주석註釋을 달아야 할 날이 머지않을지도 몰라. 註: 앵두란, 註: 석유 등잔이란, 註: 단봇짐이란 등등. 혹시라도 생막걸리처럼 복분자처럼

62

'남자한테 좋은데'라는 소문 한 번만 내 줘도 전국이 앵두나무 과수원으로 넘쳐날 수 있을 텐데. 앵두는 숙맥이어서 이런 헛소리마저 할 줄 모르니.

7학년 5반 스승의 날

　'스승의 날'은 1958년 충남 논산의 모 여고에서 와병 중인 선생님을 찾아 문병을 하러 갔던 것으로부터 시작되었다고 전해집니다. 이후 1965년에는 스승의 날에 선생님께 리본 달린 장미꽃을 꽂아 드리며 행사를 해왔었는데, 이후 1982년 5월에 제1회 법정기념일로 제정되어 지금에 이르고 있다고 합니다.

　처음 시작되던 때라면 우리들 나이는 초등학교 5학년이었을 테고, 이때는 감수성이 높아 학교 교육을 통해 인격의 틀이 잡혀가기 시작하던 시기였던 것 같습니다. 고등교육에 이어지기까지 또는 일상의 생활에서 배움을 주었던 많은 스승이 많았습니다만 스승의 날에 생각나는 분은 코흘리개 시절의 초등학교 때 선생님이십니다.

　스승의 날을 맞아 내놓은 모 대기업 이미지 광고 내용 중에 '도시락' 편에 얽힌 일화는 어릴 때의 선생님의 모습을 떠

올리며 옷가슴을 여미게 합니다. (동아일보 1984. 5. 15일 자 1면)

"참으로 어려웠던 시절, 그날도 선생님은 어김없이 두 개의
도시락을 가져오셨습니다. 여느 때는 그중 한 개를 선생님이 드
시고 나머지를 우리에게 내놓곤 하셨는데, 그날은 두 개의 도시
락 모두를 우리에게 주시고는 '오늘은 속이 불편하구나' 하시며
교실 밖으로 나갔습니다. 찬물 한 주발로 빈속을 채우시고는 어
린 마음들을 달래시려고 그 후 그렇게 속이 안 좋으셨다는 걸 깨
닫게 된 것은 긴 세월이 지난 뒤였습니다." ~ 이하 中略

세월은 흘러 코흘리개들은 7학년 5반에 닿아있으니, 더러
러는 정신도 몽롱해지기 시작합니다. 그러나 60년 전의 스
승님과의 일은 어찌하여 어제같이 생생할까요. 비록 냉장고
문을 열고 '내가 뭣 하러 문을 열었지'라며 도로 닫아버리는
일이 있어도 그 옛날 스승님의 모습은 바로 어제인 듯 뚜렷
하답니다.

그때의 초등학교 선생님은 쉰을 넘으셨으니 이분들은 수
壽를 다하셔서 하늘나라에 계십니다. 뒤돌아보니 무엇이 우
리를 그렇게 바쁘게 만들었는지 모르겠습니다. 여러 해의
스승의 날을 반복해 보내면서도 내년에 또 내년에 미루다가
세월이 다 가고 말았습니다. 후회와 허망뿐인 것이 어찌 사
제 간의 정뿐이겠습니까마는.

친구 중에는 부부가 초등 교직원으로 생활한 친구가 있습니다. 두 사람이 교육대학에서 만났겠지요. 맞벌이 선생님이 되어 평생을 교직에 봉직했습니다. 경제 사정이야 다소 숨통이 틔었겠지만, 가정생활의 어려움은 가히 짐작이 갑니다. 10년이 넘게 맞벌이하는 막내딸 뒷바라지를 하는 우리 부부가 겪고 있는 고통에 견주어보면 친구 내외의 고생이 어떠했으리라는 것을 짐작이 갑니다.

위의 친구 외에도 제 주위에는 교직에서 퇴임한 이들이 많습니다. 이들도 그동안 옛 스승님의 길을 따라 열악했던 개발도상국의 교육환경에서도 굳건히 교단을 지키며 걸어 왔습니다. 지금은 청출어람靑出於藍 하여 스승님보다 더 훌륭한 스승이 되어 흰머리를 날리고 있습니다. 7학년 5반의 스승의 날은 이들에게도 감사하며 예전의 스승님에게 못다 한 정을 나누는 삶의 여유를 가지도록 하겠습니다.

인사와 인사치레

　나이 들면 인사하기도 어렵고 받기도 어렵다. 인사 예절쯤이야 유치원에서 다 배웠을 것 같은데. 무심코 건네는 인사 속에 서로가 마음을 다치는 경우가 많다. 오랜만에 만난 사이라면 "안녕하세요? 오래간만입니다. 잘 지내시죠?" 하면 될 것을 여기다 토를 달고, 정내며, 멋 부리고, 오버하다 그만 일을 덧내는 것이다.

　오랜만에 서로 만난 자리에서 상대의 신상을 지나치게 꼼꼼히 캐묻거나, 관심을 가지는 것은 좋지 않다. 난처한 질문을 하여 상대를 안절부절못하게 할 이유가 무엇이람? 자식이 혼기에 차 있는 사람에게는 자나 깨나 결혼 문제가 가장 난감한 일이다. 걱정에 걱정하는 차에, '개혼開婚은 언제 하나요, 너무 고르고 계시는 건 아닌가요?' 겉으로 위해 주는 척 걱정해 주는 척하나 상대방의 비아냥거림을 바로 눈치챌 수 있다. 자기는 혼사 끝냈다고 남 약 올리자는 심보인지,

아니면 정말 걱정이 되어서 하는 말인지, 돌아서다 말고 기분 잡치고 심기가 불편해진다. 딸아이 모두 출가를 시켜서 다행이지, 난감했던 인사 주고받기였다. 헛인사 찬물만큼도 못하다지만, 이럴 때는 인사도 좀 치레로 해 줄 수는 없을까? 없는 정 있는 정 다 내리고 골라서 한마디 보탠다는 것이 생각 밖으로 불필요한 사족蛇足이 되어 서로에게 부담을 주고, 탈을 만들 수 있다. 차라리 인사는 조금 절제해 주는 것이 좋지 않을까?

요즈음 마라톤 연습에 몰두하다 보니 얼굴에 살점이 없어지고, 가무잡잡해지기까지 해서 모습이 제대로 말이 아니다. 내가 거울을 보아도 동남아에서 온 사람 같아 속이 상해 있는 참이다.

"아이고! 오랜만입니다. 그런데 왜 얼굴이 이 지경이 되셨습니까? 어디 편찮으십니까?"

"아픈 데가 없는데요? 그렇게 보이십니까? 요즘 운동을 좀 많이 했더니…."

"그래도 그렇지 너무 말랐어요. 그 좋던 얼굴이 말이 아니어서 그래요."

서로 인사를 마쳤다.

이런 땐 참 난감하다. 갑자기 환자 흉내라도 내어야 하는

68

건지. 짧은 순간에 무심코 내게 보여준 애정의 표시가 돌연 나를 환자로 만들어 놓고는 총총히 사라졌다. 그가 떠난 뒤 한참 동안 나는 가게 유리창에 비치는 나 자신의 볼품없는 몰골을 훑어보았다. 그러고는 이런 소리 들어도 싸군 하며 자학 아닌 자학을 하였다.

퇴직한 사람에게 "요즈음 뭐 하니?" 하는 것도 인사로 적합하지 못하다. 내가 백수라면 화답하기가 난처한 인사말이다. 나이가 들어 퇴직하고 나면 직장에 다니지 않는 사람이 전부인데, 이런 것을 문안 인사라 할 수 있을까? 성의 없는 어정쩡한 화두이다. 인사받는 당사자가 난감해하면, 건넨 자도 안절부절못해지며 마음이 편치 않아진다. 이럴 때는 언제 어디서든 별 탈이 없는 인사가 있지 않은가? 말을 해도 촉觸이 걸리지 않는 날씨나 상대방 칭찬의 말을 하는 것이다. '거참 날씨 좋군.' '요즘 얼굴 좋군.' 등이 무난하지 않을까. 짧은 순간에 상대방을 칭찬할 소재를 찾아내는 것도 보통 능력이 아니다. 만나서 즐거우면 그만이지, 무슨 일 하는 것이 무어 그리 궁금해서 "요즈음 뭐 하니?" 하고 인사를 건넬까?

사람들은 자기를 좋아하는 사람을 좋아한다. 만나 부담을 주거나, 마음 고생시키는 사람을 모두가 피하고 싶어 한다. 따라서 서로 정을 확인하며 친교를 위해 나누는 인사는, 일상의 비즈니스에서 대화하는 것과도 다르기 때문에, 손쉽고 부드럽고, 절제된 모습의 인사이어야 한다. 옛 어른들의 말에 의하면 상가喪家에서 문상할 때도 명확하고 딱 부러지는 인사를 하지 않는다고 한다. '우물우물'거리며 '엉거주춤한 인사'가 좋다고 했다. 그렇게 해야 상주喪主도 이에 화답하는 의미로 '구시렁구시렁' 하며 어정쩡하게 보낼 수 있지 않을까. 많은 조객의 문상 말들 귀담아듣고 그때그때 맞는 답을 해 주어야 한다면 상주에게 이것보다 더 피곤한 일이 어디 있겠는가?

'인사치레'라는 말이 있듯이 우리에겐 가끔 인사가 '치레'의 수준에 그쳐도 좋을 때도 많다. 지나침은 모자람만 못하다는 말은 우리가 나누는 일상의 인사에서는 더욱 그러한 것 같다.

- 저서 『온달을 꿈꾸며』 중에서

밥 짓는 남자로의 귀환

절대로 내 손으로 밥해 먹는 일은 없을 것이다. 자취 생활에 진저리를 쳤던 때의 결심이었다. 굶어 죽더라도 다시는 이런 꼴 보지 않겠다고 큰소리쳤었다. 오랫동안 자신의 약속은 주효奏效해 왔다. 밥해 먹고 학교 다니기가 얼마나 힘들었으면 이런 생각을 했을까. 다행히 결혼 후에는 손에 물 묻히지 않아도 아내 덕분에 밥 잘 먹고 살았다.

한 친구가 일흔 넘어 요리학원에 나간다고 했다. 상당히 의아스러웠다. 얼마나 잘 먹으려고 요리 학원까지 다녀야 할까. 그 친구의 이야기를 듣고 보니 충분히 이해가 갔다. 혹시 모를 상황이라면 여자들은 평소 해 오던 일이라 의식주가 전혀 문제없을 테지만, 남자는 혼자 될 경우 당장 먹는 것부터 목숨 걸어야 하기 때문이란다. 평생을 아내에게 기대 살아온 남편은 비상 대처 능력이 전혀 없다는 것이다. 더 늙기 전에 보험 드는 요량料量으로 학원 나가서 주방 일을 익혀 놓는단다. 그렇지만 친구 경우와 나는 아주 다르다. 밥을 할 줄 몰라서가 아니라 하기 싫어서 안 하겠다는 것이다. 일찍이 학창 시절에 혹독하게 감당해 본 일이라 피하고 싶을 뿐이다.

손자들 육아가 어려워 할머니 도움이 필요하다는 자식들 요청이 올 때마다 나는 참으로 난감해졌다. 정작 필요한 것은 할머니 손길인데, 할머니를 빼앗기면 할아버지는 낙동강 오리알 신세다. 전출이 잦은 군 생활도 이산가족이 되어 기러기 아빠로 오래 떨어져 살아야 했는데, 퇴직 후에 또 무슨 날벼락이람. 나는 밥 해 먹느니 차라리 굶어 죽으리라 배수진을 쳤다. 혼자 남겨두면 굶어 죽는다. 실과 바늘처럼 할머니 뒤를 따라나서야 했던 할아버지의 역설逆說이었다.

나는 아내의 깃발만 쳐다보고 따라다녔다. 할아버지가 할 일은 정작 없다. 나는 손자 하나 더는 양 아내의 짐이 될 뿐이다. 더부살이로 얹혀살아도 불편하기는 마찬가지였다. 바늘방석이었다. 밥숟가락만 놓으면 도서관으로 피신하다 보니 덕분에 책은 제법 읽을 수 있었고 작품집도 몇 권 낼 수 있었다.

집에 가자. 집 나선 지도 벌써 10년이다. 밥해 먹고 살길 찾자. 굶어 죽어도 다시는 자취하지 않겠다는 약속, 헛맹세 찬물만 못하다. 맹물 한 그릇 들이켜고 마음을 돌리기로 했다. 밥솥에 안칠 쌀이 없는 사람은 불쌍한 사람이다. 그러나 집이 없나 돈이 없나 성한 몸 가지고 밥 타령하기에는 너무 긴 세월이 흘렀다. 더 할머니 치마폭을 잡고 늘어질 수 없는 처지다. 생각을 바꾸니 세상 보기가 달라졌다.

긴 겨울이 지나면 봄맞이는 내 집에서 할 것이다. 그리고 밥 짓는 남자, 빨래하는 남자가 될 것이다. 마침 TV에도 '살림남' 프로그램이 있고, 성한 부부들도 심심풀이로 졸혼이니 뭐니, 신조어를 만들어 장난치는 세태가 아니던가. 안절부절 더부살이보다 떳떳한 홀로서기를 택했다. 어차피 나이가 들면 모든 것이 역순으로 되돌아가는 것이 인생이 아니던가.

죽을 때는 모두가 현고학생顯考學生이 된다. 다시 학생으로 되돌아간다. 자취가 옛날에는 가정형편 때문이었다면 지금은 행복의 재발견을 위해서다. 요리학원에 가서 배우지 않아도 된다. 기본기는 오래전부터 가지고 있다. 밥 짓는 남자로의 귀환을 자축할 것이다. 밥은 나에게 거룩한 것이기에.

附言: 아내는 한 주에 한 번씩 와서 반찬을 장만해 주고 갔으며, 손녀는 의젓한 중학생이 되어 있다.

무서운 곳에 대한 향수

전에는 주사注射가 가장 무서웠는데, 예방접종부터 먼저 실시하고 훈련을 한다기에 꼼짝없이 줄 서서 한 방 맞았다. 어릴 때 어른들한테 붙들려 불주사 맞던 것 말고는 한 번도 항복한 적이 없었는데, 입영 첫날에 체념해 버렸었지. 태어나 처음 무서운 것 만났으니 순순히 항복. 한 줄로 세워 주사 놓던 일, 군대란 주사보다 한 수 위였어.

고기는 먹지 않는 채식주의자라고 소개했었지. 고깃국 피해 사흘 식사를 걸렀더니 다음 주엔 돼지비계 국도 수라상이 되었지. 사나이 일편단심 정조처럼 지켜내던 식습관, 헌신짝처럼 버리게 만들더군. '얘야, 밥 먹어라' 안달하던 부모님 소리도 생각도 나고. 굶으면 나만 손해. 늦게 배운 도둑질인지 건더기 타령을 하게 되더군. 군복은 정말 무서운 옷이야.

잘나건 못나건, 집안 뼈대가 있건 없건, 가졌건 말건, 가방끈이 짧건 길건, 모두가 똑같아지게 만드는 곳. 못 일어나도 서게 되고, 들리지 않아도 듣게 되고, 보이지 않던 눈도 열리는 곳, 예수님 없이도 성경에 나오는 기적들이 모두 한꺼번에 일어나는 곳. 뻥도 치고, 눈치도 늘고, 같은 밥 먹고 같은 색깔로 꿈을 꾸게 하는 곳, 무섭긴 무서운 곳이야.

피호봉호避狐逢虎, 여우를 피하려다 호랑이를 만나다. 30년 군 생활 마감하고 밖을 나오니 그 철망 울타리는 구속이 아니라 우리의 보호막이었더라. 퇴직금은 먼저 본 사람이 임자라든가. 돈 버는 일은 사업하지 않는 것이라는 등등. 무섭다고 바깥 삶을 피할 수도 없다. 젊을 수만 있다면 다시 군복 입고 싶다. 무서운 것일수록 더 그리워진다.

못 가본 길에서

　학창 시절 선생님이 읽어 주셨던 로버트 프로스트의 시 「가지 않은 길」을 우리는 얼마나 많이 좋아했던가. "나는 사람이 적게 간 길을 택하였다고, 그것 때문에 모든 것이 달라졌다."는 구절이 인상적이었다.

　내가 '가지 않은 길'은 국문학 석사과정이다. 정직하게 표현한다면 '가지 못한 길'이라 해야 옳다. 인기 없는 과를 선택해 고생을 덜어 보겠다고 생각했는데 오히려 사람이 몰려 좁은 문이 되어버렸다. 필기시험도 면접도 없는 대학원 서류전형 시험에서 낙방했다. 가지 않은 길을 찾다가 복병을 만난 셈이다. 길에 덥석 주저앉아 학교 당국을 원망하거나 실망하지는 않았다. 나이가 주는 위안이겠지. 이왕 늦은 배움인데 좀 더 늦으면 어떠냐 싶었다.

　한 해를 다시 이 건에 매달렸다. 입시 준비를 했다기보다는 정신을 한곳에 두었다는 뜻이다. 서류전형이니 입시 준비는 필요 없었다손 치더라도 마음고생은 심했다. 이왕 문학을 할 바에야 제대로 된 교육과정을 거치지 싶어서였다. 지금까지 내가 했던 공학과 경영학은 가계를 꾸리기 위한 실사구시의 학문이었다면 앞으로의 교육은 나 자신을 위한 것이어서 인문학 쪽이다. 이왕 국어국문학을 마치고 문학사의 학위를 취득하였으니 이 분야의 석사과정을 생각해 보는 것은 어쩌면 당연한 욕심이 아니겠는가. 두 번째의 도전은 아무에게도 알리지 않았고 낙방은 없을 테니 합격의 기쁨을 배가해 보려는 자만이 넘쳐있었다. 떡 줄 사람은 생각도 하고 있지 않은데 김칫국물을 떡보다 먼저 들이켜고 말았다.

두 해나 연이은 고배를 마시게 하니 이것은 내 길이 아니었구나 싶었다. 그렇게 바라고 바라던 일을 아무 일도 아닌 것처럼 지워 버리는 심사는 어디서 나오는 것인가. 그동안 남들이 하지 않는 일 한번 해 볼 셈으로 꿍꿍이속을 많이 앓아왔는데. 그러나 삼세판은 내 사전에 없다. 차라리 불합격을 자축하고 싶었다. 만학이라는 허울 아래 2년간 찌들어갈 '노인 구하기 작전'에서 가까스로 살아난 듯 마음이 편안해졌다. 나이 들어 공부는 곧 노역老役의 길이다. 일흔을 넘어서 허리띠를 졸라매는 삶을 살아야 한다. 가지 않는 길이 아니라, 가지 못하는 길이라면 차라리 가지 않겠다. 공부가 절박하지 않다는 생각이 들었다. 석사란 학위는 있으면 좋은 일Nice to have일이지 결코 목숨 걸고 쟁취할 일이 아니지 않는가. 불합격이란 패를 뽑아 들고서야 가지 않은 길에 대한 미련을 완전히 버렸다.

덴마크 시인 피트 헤인Piet P. Hein의 시 「다 바라지 말아야 한다」를 떠올린다.

다 바라지 말아야 한다./ 너는 그저 한 부분일 뿐./ 너는 세상 속 한 세상만을 소유한다./ '그 세상'을 온전하게 만들어야 한다./ 단 하나의 길을 선택하라. 그리고 그 길과 하나가 되어라.

낙방이 가져온 위로를 고맙게 생각하니 마음이 한결 평화로워졌다. '가지 못하는 길'이라면 길에 대한 미련을 버리자. 프로스트처럼 '가지 않은 길'을 굳이 택할 나이가 아니다. '못 가는 길'이라면 '가고 싶은 길'일지라도 멈춰 서는 것도 노년의 지혜로움이다. 세상일은 한계가 있을 때 가치가 있다고 했다. 욕심을 부려 전부 다 가지길 원할수록 삶은 장황해지고 너저분해질 뿐이다. 나에게 포기란 보약 같은 것이었다.

두꺼운 봉투의 기억은 없고

　오늘은 어버이날이다. 자식들은 부모를 찾고 부모들은 자식들의 방문을 기다리는 날이다. 무자식이 상팔자라는 말이 가장 어울리지 않는 날이다. 자식이 원수라며 원망하던 이도 이런 날엔 골목 밖에서 '그 웬수' 한 번쯤 기다려 보는 날이다. 내게는 어린이날 다녀간 지 3일밖에 되지 않았는데도 3달 정도는 못 본 것처럼 섭섭하다. 어버이날도 공휴일로 하든지 아니면 어버이날과 어린이날을 합쳐서 가칭 '가족 사랑'의 날로 해 보면 어떨는지? 아침에 전화로 문안을 받긴 했으나 3일 전 앞당겨 받은 축하는 간 곳이 없고, 마음 한구석이 뚫린 듯 헛헛한 마음이 들기도 하였다.

　몇 년 전까지만 해도 가슴에 카네이션을 달고서 경로당으로 나들이하는 노인들을 수월찮게 볼 수 있었다. 자식들도 부모가 생존한 사람은 빨간 카네이션을, 여읜 사람은 흰 카네이션을 가슴에 달고 하루를 지냈다. 이는 미국의 한 여성이 자신의 어머니를 추모하기 위해 교회에서 흰 카네이션을 나눠 준 데서 유래되었다고 하는데 이것이 어머니날의 한 행사로 자리매김해진 것이란다. 이러한 풍습도 언제부터인가 점점 쇠퇴해 가고 있다.

지금은 대부분 봉투로 사랑의 표시(?)를 한다. 가슴에 꽃을 단 노인들을 보기 드물다. 노인들도 젊은이들의 유행을 따라 '양손은 가볍게 봉투는 두껍게'를 외치고 있다. 이러한 세태가 어찌 어버이날뿐이겠는가? 초등학교에 다니는 어린 손자들까지 선물은 현금으로 달라고 주문하고 있으니 가슴에 꽂는 꽃은 서양에서도 동양에서도 미풍양속이 아닌 듯하다.

어린이날은 공휴일이라 주말을 끼우면 황금연휴라지만 어버이날은 정상 근무일이니 일하러 가야 한단다. 어쩔 수 없이 미리 부모님 찾아뵙고서 어린이날·어버이날을 원스톱으로 치르겠단다. 좋은 아이디어라고 맞장구는 쳤다.

도토리 4개를 아침에 먹겠다는 원숭이가 저녁에 3개 먹을 때의 떨떠름한 기분을 생각 못 했던 것이었다. 부모는 자식들에게 받는 돈 봉투도 즐겁고, 그 돈 헤쳐 손자들에게 푸는 맛은 늙은이 노릇 제대로 하는 것 같아 흐뭇했었다. 주고받는 봉투 속에 자라나는 〈부모공경〉, 아울러 〈자식 사랑〉이 아니겠는가.

아뿔싸, 오늘 어버이날엔 염려한 대로 3일 전에 받은 두툼한 봉투의 기억은 사라지고 습관처럼 현관문으로 눈이 자주 가고 있다.

스승의 날을 맞아

오늘은 스승의 날입니다. 정년퇴임 후 인생 2모작을 사신다며 글을 쓰고 계시는 K 작가님 요즈음 근황은 어떠신지요? 저와는 동년배의 분이시니 스승과 제자의 인연은 아니지만, 교직에서 오랫동안 멸사봉공滅私奉公하셨던 선생님의 공로를 생각하면 저부터 먼저 문우님께 축하를 드려야 할 것 같아 존경의 마음을 담아 인사 올립니다.

스승의 날은 선생님들이 제자들로부터 많은 축하를 받는 날입니다. 이런 날 제자도 아닌 문단 아류의 글이 무슨 의미가 있을까 싶어 망설이어지기도 했습니다. 문우님께는 '스승의 날' 축하를, 그리고 저에 대한 셀프self '스승'의 변명을 들려드리고자 합니다.

K 작가님께서는 교단에서 학생들과 인연을, 저는 아시다시피 군복을 입고 젊은 병사들과의 인연으로 평생을 보냈습니다. 학교는 스승과 제자라는 인연이 자연발생적으로 형성

되지만, 군대는 상명하복上命下服의 규율에 의해 강제되는 전우(戰友)라는 필연의 만남입니다. 스승의 날이면 선생님들의 전화기와 편지통이 뜨겁겠지만 군은 장병이 전역한 부대를 찾아 안부를 묻거나 축하할 일을 살피는 일이 드뭅니다. 정든 교정을 떠나는 졸업과 병역필兵役畢 도장 하나로 군 생활을 마감하는 군 생활의 차이겠지요. 모셨던 분을 '선생님'이나 '스승'으로 부를 수가 없습니다. '스승 같은 상관'이라는 표현이 존재할 수 없습니다.

천재일우千載一遇의 기회로 저에게는 스승의 행운이 왔습니다. 한때 선생님이 되고 싶다는 생각도 했었고 내 몸에 선생님 DNA가 있어서인지 몰라도 적어도 그 젊은 전우는 제게서 선생님 냄새를 맡았는지 모르지요. 지금부터 30년이나 지났을까요? 한 젊은이가 스승의 날에 카드를 보내옵니다. 내 어깨가 절로 거들먹거려질 정도의 찬사와 존경으로 제 마음을 설레게 했습니다. 앞으로 스승으로 모시겠다는 요청을 하면서 응해줄 것을 간청했습니다. 그 후 몇 년간 스승의 날에는 빠짐없이 젊은이의 축하를 받아왔습니다만 그러나 오래가지는 못했습니다. 군에서는 정기적으로 인사이동이 많으니까요.

되돌아보면 내가 가졌던 몇 번의 주례부탁의 영광보다도 '스승'으로 존경해 주었던 단 한 사람의 격려가 제게는 큰 보람이었습니다. 지금도 그이의 '스승의 날' 축하 편지를 가장 자랑스럽게 생각하고 있습니다. 주례 자리야 사회적 직위가 갖춰지면 시나브로 요청하는 것이지만 그러나 한 사람의 진정성을 얻는다는 것이 어찌 쉬운 일이겠습니까. 특히나 오늘 같은 스승의 날이면, 그 사람이 생각이 나지요. 평생 '선생님'이셨고 해마다 제자들로부터 이날을 기념하는 문우님께 저의 '일일 스승' 이야기가 별 흥밋거리가 되는지 모르겠지만….

오랫동안 소식을 모르고 지냈습니다. 아마도 '스승'이라 불러 주었던 젊은이도 한 번쯤 있었던 지난 일이라 여기겠지 생각했습니다. 전우의 립Lip서비스를 너무 곧이곧대로 받아들이고 있다는 생각도 했었지요. 어려운 단체 생활이다 보니 관심을 돌리거나 환심을 사기 위해 빈말 정도야 누구나 할 수 있지 않았겠나 싶었어요. 올해도 스승의 날에 그 젊은이를 생각하며 씁쓸한 마음이 들었답니다. 오전 아홉 시, 휴대전화에 한 통의 문자 메시지가 들어왔네요. 누구누구라든가, 문자의 전말은 모두 생략하고 글을 옮겨보면 이러했습니다.

"오늘은 스승의 날입니다. 부족한 저에게 많은 지도와 도와주심에 감사드리는 마음으로 정성을 보내드립니다."

이것이 30년 동안의 단절을 깨고 보내준 문자 메시지 전

문입니다. 제가 매해 스승의 날마다 기억에 올렸던 것처럼, 그 또한 곤고한 삶을 살아오면서도 스승으로 모신다는 자신의 말을 잊지 않았다는 것일까요. 단 두 줄의 문자 메시지가 저의 마음을 크게 움직였습니다. 보기엔 상투적 치레 같은 문장인 것 같아도 제게는 한 권의 두꺼운 책 이상으로 회상 回想을 안겨주는 명문장이었답니다. 스승의 날에 어렵게 연락처를 수소문하여 보냈을 군 제자의 기별을 기뻐하며 '스승의 날' 하루가 유별한 날이 되었습니다. K 작가님께도 스승의 날을 맞아 많은 후학으로부터 축하를 받고 계시겠지요. 선생님의 글마다 '스승'의 고귀한 향취가 우러나는 명문장가가 되시길 바라오며 K 작가님 건필하심을 기원하며 여기서 글을 마무리하겠습니다.

돈벼락이나 실컷 맞아라

　시내 변두리 방앗간 아저씨는 선천적으로 등이 굽고 키가 작다. 그는 정미소를 운영하고 있다. 몸은 불편하지만, 방앗간 일이란 기술적인 것이 대부분이고 사람들을 대면해서 해야 할 일들이 그렇게 많지 않아 다행이었다. 그렇다 하더라도 이웃으로부터 받아야 할 불편한 시선을 피할 수 없으니 이를 어쩌랴. 우연하게도 생일이 정월달 보름인지라 그분의 생일은 명절 기분에 편승하여 특이하게 지내고 있다. 그럴듯한 동네 유지급 인사들을 모두 초대해서 벌이는 생일잔치는 마치도 관공서의 신년 하례 같은 기분이 든다.

　이분의 생일 초대는 해마다 꾸준하지만 어디까지나 본인이 감당해 낼 정도의 인원이어서 스무 명 남짓한 초대가 고작이다만 그래도 생일잔치 초대치고는 디럭스하다. 음식 준비와 행사 준비는 외지의 전문 업체에 전담시켜 행사장에는 사회자도 있고, 이름 있는 요리사도 현지 출장시키고 있으

니 말이 방앗간 아저씨 생일잔치이지 옛날 고을 원님 수연이 이러했을까 싶다. 품위와 격조를 떠나서 초대는 곧 영광이요 한 번 온 적이 있는 분은 다음 해도 불러 줄 것을 은근히 기다린다. 고급 술집에서 데려온 듯 아가씨도 중간마다 몇이 앉게 하니 분위기는 가히 요정급이다.

사회자의 이러한 멘트로부터 시작한다. 이분의 생일잔치의 명분은 일 년간 신세 진 이웃에게 보답하는 보은의 의미란다. 삼백육십사 일을 받아온 홀대를 단 하루만의 환대로 되돌려 주는 것이리라. 왕림해 주셔서 감사하고 같이 자리를 할 수 있도록 허락해 주신 초대 손님 여러분께 감사하다는 인사를 했다. 사전에 예행연습이 있었는지는 모르지만, 조리가 섰고 몇 마디 인사는 순발력으로 잘 소화해내었다. 아저씨 말끝마다 우레 같은 손뼉을 쳤고 사장님 소리가 끊이지 않으니 얼마나 흥이 났는지 모른다. 작은 대접이 더 큰 대접으로 돌아왔다며 싱글벙글이다. 술이 한 순배 돌고, 여러 번 좌로 우로 인사를 올리다 보니 아뿔싸 아저씨가 제일 먼저 거나하게 취해 버렸다. 점잖은 여흥은 여기까지인가 보다. 술에 취해 간혹 이놈 저놈으로 말투가 거칠어져도 모두가 파안대소로 웃어주고 있다. 중간에 도중 하차하는 사람은 한 명도 없다. 몇 해 동안 해 오던 즐거운 프로그램이라 끝판에 왕창 놀랄 일이 기다리고 있기 때문이었다. 마치 경

품 발표가 맨 나중에 있는 것처럼.

사회자의 마침 말이 예사롭지 않다. 귀한 분 모셨지만, 손이 모자라 가실 차비를 일일이 봉투에 넣어 드리는 예절을 갖추지 못함을 양해 바란다고 했다. 돈은 방 안에 얼마든지 있으니 셀프로 힘닿는 대로 가져가시라 했다. 아저씨는 여행용 가방에 수북이 담아온 오만 원권 지폐를 한 다발씩 풀어 공중으로 던지기 시작했다. 돈이 공중에 뜨는 순간 아름다운 전단이 되어 내렸다. 하늘에서 내리는 돈벼락이다. 서로 줍겠다며 장내는 순식간 아수라장으로 변했다. 돈이 만들어 내는 진귀한 연출 장면이다. 공짜 돈 앞에서는 잘난 사람도 못난 사람과 크게 달라 보이지 않았다. 눈치도 코치도 염치도 없는 아비규환이었다. 좌우 상하 남녀 구분 없이 뒤엉키었다. 총성 없는 궁정동 난장판이 되었다. 생일잔치는 대단원의 막을 내렸다.

아저씨는 하룻저녁 사람대접 제대로 받았으니 이보다 더 좋은 일이 어디 있냐며 큰 웃음을 친다. 적게 잡아도 몇천 단위는 훌쩍 넘었을 것 같은데 대단한 강단이다. 보통 사람이면 과잉지출에 따른 허탈감에 빠져들 것 같은데, 생각만큼 곤드레만드레 아니었나 보다. 조금 전에는 취한 척했던 것일까? 다시 364일을 살아갈 에너지를 얻었다고 했다. 몸은 왜소해도 속에는 황제의 배포가 있나 보다. 방앗간 아저씨

가 보여준 카리스마는 일동을 압도하고도 남았다. 일 년 동안 쌓였던 장애자의 한풀이였을까. 못날수록 돈은 있어야 한다는 강한 메시지를 준 것일까? 공짜 앞에 허무하게 무너지는 군상에 대한 조롱일까? 손님들이 떠나간 자리에 혼자 남은 방앗간 아저씨의 얼굴이 오랜만에 정월 보름달처럼 밝았다. 누구의 집이라고 해서 청풍명월이 없을 것인가? 아저씨 생일날이 달 뜨는 날이다. 달은 모든 이에게 공평하게 빛을 보낸다*는 말이 맞았나 보다.

* 벽암록碧巖錄에 있는 수가무명월청풍誰家無明月淸風에서 원용.

Schiller 시와 Beethoven
제9 교향곡 〈합창〉

실러Fridrich von Schiller는 독일의 시인으로 고전주의 문학에서는 괴테와 함께 2대 거성으로 꼽힌다. 그는 1759년 독일에서 나서 1805년 46세로 짧은 생을 마감한 독일의 극작가, 시인이기도 하다. 실러의 작품들은 인간의 자유와 존엄성을 바탕으로 하였으며 혁명기 독일인들의 자유를 얻기 위한 투쟁에 많은 영향을 끼쳤다. 그도 역시 음악을 자신의 문학적 이상과 이념의 표현 수단을 썼다. 그는 합창이 당대의 조야粗野한 세계를 고대 그리스의 시적 세계로 변화시키는 임무를 가지고 있다고 생각했다. 그래서 주로 합창의 언어만을 운에 맞게 구사함으로써 시의 미학적 효과와 높은 음악성을 불러일으켰다. 실러에게는 음악은 인간의 고귀화를 위한 미학적 이상을 실현하는 중요한 수단으로 생각했다.

우리가 잘 알고 있는 실러의 "환희의 송가Ode an die

Freude"는 그에게 구원과도 같은 재정적인 도움을 준 쾨르너 Körner에게 바치는 결혼식 축시였다. 이 시는 가장 많이 작곡된 가요였으며, 또한 어떤 의미에서 민족의 시가 되었다. 그러나 이 시는 단순한 결혼 축시를 넘어 그의 사회 개혁적 사상을 분명하게 보여준다.

〈환희의 송가〉

환희여/ 신들의 아름다운 광채여/ 낙원의 처녀들이여/ 우리 모두 감동에 취하고/ 빛이 가득한 신전으로 들어가자.// 잔악한 현실이 갈라놓았던 자들을 신비로운/ 그대의 힘은 다시 결합한다./ 그대의 다정한 날개가 깃들이는 곳/ 모든 인간은 형제가 된다. // 위대한 하늘의 선물을 받은 자여/ 진실한 우정을 얻은 자여/ 여성의 따뜻한 사랑을 얻은 자여/ 환희의 노래를 함께 부르자.//

~ 중략 ~

장대한 하늘의 궤도를 수많은/ 태양들이 즐겁게 날듯이/ 형제여 그대들의 길을 달려라./

영웅이 승리의 길을 달리듯/ 서로 손을 마주 잡자.// 억만의 사람들이여/ 이 포옹을 전 세계에 퍼뜨리자.// 형제여, 성좌의 저편에는/ 사랑하는 신이 계시는 곳이다. 엎드려 빌겠느냐. // 억만의 사람들이여 조물주를 믿겠느냐/ 세계의 만민이여/ 성좌의 저편에 신을 찾아라./ 별들이 지는 곳에 신이 계신다. //

-실러

베토벤Ludwig Van Beethoven(1770~1827) 역시 청년 실러의 격정적인 언어에 큰 감명을 받았다. 실러는 젊은 시절 시민적 윤리관을 바탕으로 군주제와 귀족 사회를 신랄하게 비판하고 있었기 때문이다. 그의 혁명적이고 사회 개혁적인 시를 열혈 공화주의자共和主義者였던 베토벤의 속을 시원하게 해 주기에 충분했으리라.

젊은 날을 고난과 역경으로 보냈던 베토벤은 실러의 젊은 날과 너무나 닮은 점이 많다고 생각했다. 베토벤은 알코올 중독자 아버지의 구타에 시달리며 혹사당하다 귓병을 얻고 1801년 하일리겐슈타트Heiligenstadt에선 자살할 마음마저 먹었다. 베토벤 역시 고난과 역경에 있어서 둘째가라면 서러웠을 그런 인물이 아니었던가.

"역경을 넘어 환희로Durch das Leiden zur Freude" 이것은 바로 베토벤의 모토가 아니었던가. 더욱이나 실러 시詩가 가지고 있는 힘이 베토벤에게 상승작용을 가져다주었을 것이다. 이처럼 시인과 음악가 간에 공통적으로 관통하는 환난과 고통이라는 것이 환희로 지향하는 염원이 자라고 있었을 것이다. 그렇다 하더라도 이런 이유만으로 실러의 작품이 곧 바로 베토벤의 음악으로 바로 초대되지는 못했다. 왜냐하면 실러의 시詩가 대부분 길고, 복잡하게 짜여있어 곡을 붙이기가 까다로운 편이었기 때문이다. 베토벤 자신이 고백했듯이 작곡을 난해하게 하는 한 가지 요소가 있다며 다음과 같은 애로사항을 털어놓았다고 한다.

"실러의 문학 작품들은 음악가들에게는 극히 어렵다네. 작곡가는 작곡할 때 시인을 뛰어넘어 스스로보다 더 멀리까지 고양해야 하는데, 누가 그것을 실러 상대로 해낼 수 있겠는가?"

베토벤은 처음으로 시를 음악곡으로 접합시키고 싶어 했던 때가 1793년부터였다. 그 후 실러의 시 「환희歡喜」를 교향곡 속의 합창Choraisinfonie으로 성공시킨 1824년까지 무려 30여 년이란 긴 세월을 교향곡과 시의 융합에 대해 미련을 가지고 있었던 것이다.

당시 상황에서는 음악의 고유한 영역에 인간의 목소리를 포함시킨다는 것은 상당히 급진적인 시도였다. 하지만 베토벤은 문학에 대한 조예가 깊었을 뿐 아니라 언어가 가진 자유로운 표현의 잠재력을 음악과 혼합하여 예술의 극대화를 이루는 방법을 알고 있었기 때문에 가능했다. 베토벤은 음악을 통해 인간들 사이의 관계를 형제애로 결속시키는 원동력으로 환희를 세상 사람들에게 나누어 주기 위해 자신의 고통과 불행으로 환희를 창조했다. 두 천재 예술가인 실러와 베토벤의 문학적 이상과 음악적 영감의 조화 속에서 불멸의 명곡 베토벤 제9 교향곡 합창Choraisinfonie을 탄생시킨 것이다.

불행스럽게도 이 곡이 초연되었을 때는 실러도 세상을 떠
난 후였고, 베토벤 자신도 완전이 청력을 잃어버린 후여서
자신의 음악을 들을 수 없었다. 이러한 애틋한 뒷 이야기는
베토벤을 소재로 한 영화에서 잘 묘사되고 있어 영화 한 편
을 사족蛇足으로 소개하면서 글을 마친다.*

---

* 영화 제목: 카핑 베토벤Copying Beethoven이다. 베토벤은 청력을 완전히 잃어
지휘가 불가능한 상태였었기에 악보 필사가인 '안나 홀츠'의 도움을 받아야 했다.
그녀는 지휘대 바로 아래에 앉아 베토벤을 보고 손으로 음악의 흐름을 알려주었으
며 베토벤은 성공리에 초연을 마치게 된다. 물론 영화에서 여인의 등장은 가공의
인물이다. 연주를 마치고 청중의 우레와 같은 박수를 듣지 못하는 베토벤은 지휘
자 자세로 앞쪽만 보고 서 있었다. 악보 조력자 안나가 지휘대 위로 급히 올라가 그
를 청중 쪽으로 되돌려 세움으로 이윽고 청중들에게 화답하는 설정이다. 카핑 베
토벤Coping Beethoven, 2006. 감독: 아그네츠카 홀란드Agnieszka Holland.
주연: 에드 해리스 Ed Haris(베토벤), 다이앤 크루거 Diane Kruger(안나 홀츠).

개똥철학으로 니체를 말하다

　화장실에 낙서가 난무하던 시절이 있었다. 누군가가 상당히 철학적이고 있어 보이는 낙서를 해 놓았다. '신은 죽었다'라는 글귀다. 청소하는 환경미화원이 이를 발견하고 잔뜩 화가 났는지 '너는 죽었다'는 저주 글을 남겼다. 낙서한 못난 위인과 그를 꼭 갈구겠다는 미화원의 낙서 전쟁을 재미있게 본 어느 식자가 양쪽의 공방을 싸잡아 이렇게 써 놓았다. '둘 다 모두 죽었다!' 화장실에 등장한 니체의 유명 문구는 그만 놀이가 되어 푸대접을 받고 말았다.

　철학과 개똥철학은 쉽게 구분이 된다. 전자는 교과서에 나오는 것이요 후자는 화장실의 낙서로 등장하는 것이다. 말을 바꾸면 철학은 삶과 죽음의 기로에서 생겨나는 고뇌에 찬 생각이어서 좀 있어 보이는 표현들이 많다. 철학은 '사느냐 죽느냐'로 고민하는 쪽의 것이고 개똥철학은 술 한 잔 힘을 빌려 벌이는 잡설쯤이다. 실속이 없으면서도 심각한 척

하는 궁상이어서 화장실에서 자주 만나는 구절들이다. 철학이란 단어 앞에 '개'자를 붙여 놓는 것을 보아도 큰 관심을 두지 않아도 될 아무짝에도 쓸모없는 것임을 알 수 있겠다.

니체Nietzsche가 말한 '신은 죽었다'는 출발부터가 잘못되었다. 신은 죽지 않는다는 사전적 전제를 깜박 잊은 것이다. 신은 영원히 살아야 한다는 조건을 만족시켜야 신神 자격이 있다. 그리스 로마 신화에 등장하는 신들도 영원히 산다. 신화 속 주인공들의 무덤은 세상 어디에도 존재하지 않는다. '신은 죽었다'라는 구절은 니체Nietzsche의 저서 『차라투스트라는 이렇게 말했다』 중에서 인용된 "God is dead." or "The Death of God.'라는 문장이다.*

니체는 쇼펜하우어의 영향을 받은 철학자다. 그의 주된 생각은 신의 존재를 부정하고 있다. 종교란 인간이 약하기 때문에 인위적으로 구상해낸 하나의 프레임으로 보고 있다. 인간은 자신이 만들어낸 신이란 프레임 속에 갇혀서 저마다 원죄를 지은 죄인으로 설정해 놓고는 자신을 죄에서 구원해 줄 것을 외치고 있다고 보았다. 니체는 신이란 존재를 믿지

---

* 'Thus Spoke Zarathustra' Much of the work deals with ideas such as the "eternal recurrence of the same," the parable on the "death of God" and the "prophecy" of the Übermensch, which were first introduced in The Gay Science. Nietzsche himself considered Zarathustra to be his magnum opus.

않는 무신론자다. 그렇기 때문에 살지(존재) 않는 신은 사망이라는 진단이 나올 수 없다. 아버지가 목사였다지만 니체가 어릴 때(5세) 사별했기 때문에 니체의 성장 과정에서도 기독교적 영향이 미치지 못했던 것으로 생각할 수 있겠다. 니체는 신이 아니라 오히려 자신을 믿은 사람이었다. 니체는 자신을 '초인超人'*이라 생각했다.

그렇다면 화장실 낙서는 '신은 죽었다'보다는 '니체는 죽었다'가 돼야 했었겠지 불사불멸不死不滅을 전제한 것이 신이라 했다는데 난데없이 신의 부고장을 내보내다니? 환경미화원이 기독교인이었다면 '너도 죽었다'라는 저주의 글을 달지 않았을 것이다. 누가 무어래도 미화원의 신은 살아있을 테니까. 유명 철학자의 일갈一喝에 허접한 이론으로 대침을 놓으려는 무모함을 대수롭지 않게 여기며 재미삼아 읽었으면 좋겠다. 그래서 서두를 개똥철학이라고 전제하지 않았던가.

---

* 초인(Übermenshe)은 '영원회귀'의 진리를 체득하고, '힘의 의지'를 실현시킬 미래의 인간을 가리킨다.

철학과 음악 사이

음音을 즐기[樂]는 것이 음악音樂이다. 철학은 지혜知慧를 사랑하는 것이 철학이다. 앞에 있는 것은 동양의 한자어 음악音樂에서 추론해 본 것이고, 뒤엣것은 서양의 철학 philosophia의 필로스philos(사랑함)와 소피아sophia(지혜)의 합성이 된 그리스어에서 철학philosophy을 생각해 본 것이다. 둘 다 '좋아하는 것'은 공통분모이지만 음악은 소리[音]이요 철학은 지혜知慧라는 생각이다.

얼른 보기에 철학과 음악 사이의 상관성을 찾기가 어렵다. 어디까지나 호불호好不好는 사람마다 달라서 서로 우위를 살피지 않는다. 그렇지만 어떤 분야이든 전문가로서 경지境地에 이른다면 서로서로 알아주는 상호 존중의 상승작용이 작용하게 되고, 불행하게도 의기투합意氣投合을 이루지 못하면 상호 비하 또는 불신이 깊어져 쌍방이 크게 상처를 입게 된다. 니체와 바그너의 생몰연대를 비교해 보면 니체Friedrich Wilhelm Nietzsch(1844~1900), 바그너Wagner(1813~1883)으로 바그너가 30세 위이다. 두 사람이 첫 만남이 이루어졌든 해가 1873년이었다. 약관弱冠의 천재 철학자와 지천명知天命의 음악 거장과 만남이었다. 젊은 니체는 철학에서 지존至尊의 위치로 급상승하는 중이었고, 노장 바그너는 이미 음악의 정상에 올라와 있었다. 철학과 음악의 두 천재가 서로 존경하여 이루어진 교제는 좋은 만남이었지만, 오래지 않아 서로가 실망을 안고 불신만을 키우게 된 불행한 결과를 가져왔으니 범인凡人의 눈에는 무척 아쉬운 일이지만 천재들의 예술 세계이니 참새가 어찌 대붕大鵬의 뜻을 알 수 있으랴.

니체는 철학에 입문하기 전 어릴 때부터 음악에도 소질이 출중하여 작곡 활동이나 시를 짓는 등 음악에 타고난 재능을 가지고 있었다. 그는 목사의 아들로 태어나 피아노를 가장 먼저 배웠고, 9세에 피아노 작품들을 작곡했으며 어린 시절 헨델과 베토벤을 존경했다. 니체가 작곡한 피아노 연주곡 〈아픔이 자연의 기본음이다.〉은 17세라는 나이에 벌써 고통이라는 감정을 담아냈던 작품이다. 그의 작품은 슈베르트나 슈만을 연상시킬 정도였다. 평생을 음악을 사랑하며 자신의 모든 사유에 음악을 담아냈다. 이러한 배경의 철학자에게 당대 최고의 음악가인 바그너는 우상이 될 수밖에 없었을 것이다.

불과 24세의 나이에 당시 고전 문헌학의 권위자이자 지도교수였던 리츨F. W. Ritschl의 추천으로 바젤 대학교 문헌학 교수가 되었는데, 심지어 이때의 니체에게는 아무런 학위도 없었다. 바젤 대학교는 이례적으로 학위 논문 심사를 거치지도 않고 라이프치히 대학을 통해 니체에게 박사학위를 주었고, 바로 한 달 뒤 니체는 바젤 대학교에서 고전 문헌학 교수로서 수업을 시작하였다. 이로써 니체는 그 대학의 최연소 교수가 되었으며 니체는 인근에 거주하던 바그너와 깊은 친분을 맺으며 많은 영향을 받게 된다. 쇼펜하우어의 열렬한 추종자였던 바그너와 니체는 쇼펜하우어에 대한 토론으로 날을 지새우기도 했다. 바그너와의 교류는 그가 문헌학자에서 철학자로 전환하게 된 본격적인 계기가 되었다.

바그너와 니체는 상당한 예술적 우정을 나누기 시작했으며 니체에게 바그너는 신적인 존재였다. 니체는 그의 첫 대작인 『음악 정신에서의 비극의 탄생Die Geburt der Trragodie aus dem Geiste der Musik』에서 바그너의 음악을 '유럽문화의 디오니소스적*인 부활'이라고 표현했다. (이하 『비극의 탄

---

* '디오니소스적(Dionysos的) : 예술에 있어서 음악적(音樂的)이고 동적(動的)이며, 격정(激情), 도취(陶醉), 열광(熱狂) 따위의 특징이 있는 것. 니체가 그의 책 『비극의 탄생』에서 처음 썼던 개념이다.

생』으로 표기함). 그는 이 『비극의 탄생』을 바그너에게 헌정
했다. 니체는 바그너의 음악극이 고대 그리스 비극의 본질
이 다시 태어날 수 있다고 믿었기 때문이었다. 이러한 믿음
때문에 니체의 철학적 연구에도 많은 발전을 하게 되는 계
기가 되었다.

이러한 상호상승의 계기가 된 교제가 급랭急冷하게 되어
결별에 이르게 된다. 그것은 바그너가 주체한 바이로이트
페스티벌 때문이었다. 이 페스티벌에 초연된 작품 '파르지
팔Parsifal' "이 문제가 된 것이다. '파르지팔Parsifal'은 성배聖
杯의 전설에 바탕을 둔 명상을 하게 하는 작품이었다. 니체
는 바그너의 이 작품이 지나치게 기독교적인 신앙에 영합하
는 것이며 나아가 선동적인 새로운 독일 제국에 굴복하는
것이라고 평했다. 니체는 바그너를 대단히 미워하기 시작
했다. 니체의 바그너에 대한 평가는 혹평으로 돌변한다. 바
그너가 음악의 품위를 떨어뜨리고 있다고 비판을 가하게 된
다. 이 시기에 니체는 『인간적인 너무나 인간적인』을 쓴다.
"이상은 얼어 죽는다. 이를테면 '천재', '성인', '영웅', '신앙',
'확신', '동정'도 얼어 죽는다."는 그의 생각을 담아서 특별히
이 책을 바그너에게 보내버린다. 더 바그너를 숭배하지 않
는 자신의 마음을 전한 것이다. 이후 니체와 바그너의 마음
은 영영 봉합되지 못했다.

'신은 죽었다'는 니체의 철학과 바그너의 기독교가 충돌해 버린 것이었다. 두 사람 모두가 서로에게 대단히 큰 실망을 가져다준 것이었다. 젊은 천재 철학자가 바그너에게 보냈던 그의 첫 저서『음악의 정신』중 '비극의 탄생'을 통해 바그너의 음악을 세계적인 걸작이라 극찬했을 때만 해도 바그너는 이 젊은 철학자가 본인이 찾고 있었던 가장 든든한 후원자 또는 홍보자란 마음을 가지고 있었으나 모두 수포가 되고 말았다. 반면 니체는 가까이서 본 천재 음악가는 기독교에 회귀하여 음악의 품위를 훼손하고 있다고 평가절하해 버린 것이다. 니체가 신은 죽지 않고 살았다며 기독교로 돌아서든가, 아니면 바그너가 종교적인 음악극을 포기하고 신에 대한 찬양을 버리든가 하지 않으면 해결방법이 없다. 기독교적인 소재를 바탕으로 한 성배의 전설을 노래로 담지 않았다든가, 어디로든 둘이 의기투합을 할 수 있는 내면적인 통합이 이루어졌다면 니체와 바그너는 긍정적인 방향이든 부정적인 방향이든 더 큰 반향을 불러올 수 있었을 것이다. 역사에 가정假定이 있을 수 없다고 했다. 천재들의 세계에도 그렇다. 예술의 세계는 위로 올라가면 끝에서는 다 관통을 한다고 하지만 '신God'의 벽은 넘어설 수 없는 한계인가 보다. 천재와 예술 그 위에 종교가 있는 것으로 여겨진다.

유품、 치워드립니다

아직도 건강검진을?

젊을 때 들었던 싱거운 소리가 기억이 난다. 아직도 3차 가십니까? 아직도 담배 피우십니까? 아직도 본처와 사십니까? 마지막 항목은 이혼율이 30%라는 세상에 나올 만한 조크다.

환갑을 넘기면서 하나 더 보태보고 싶었던 것이 있었다. '아직도 건강검진 하십니까?'이다. 아니 이 나이에 검진 결과가 나쁘게 나왔다 한들 근육을 단련하러 헬스장 갈 것도 아니고, 수술대에 올라설 용기도 없으면서 검진은 왜 해. 그럭저럭 지내면 노환으로 별세했다는 듣기 좋은 소리라도 들을 것을 굳이 무슨 무슨 병으로 죽었다는 구실을 밝히고 죽어가야만 할까.

건강검진이 힘들다거나 경비가 많이 들어가서가 아니다. 생뚱맞은 사정이 있어서다. 청년 환갑을 막 지나던 해 신체 검사장에서 보았던 여든 노인의 모습이 나를 무척 슬프게 만들었기 때문이다. 여든이면 어느 정도 살 만큼 살았을 텐데 저 나이에 더 살아보겠다고 검사장을 휘젓고 다니느냐며 못마땅하게 여겼던 적이 있었다. 입장 바꾸어 내가 일흔의 중반에 이르고 보니 아직도 별것 아닌 나이임에도 불구하고 왜 남의 일에 그렇게 오지랖을 떨었던지 양심의 가책을 느낀다. 성한 몸으로 아픈 사람 사정을 몰랐던 그때의 좁은 안목을 후회하고 있다.

옛날 말에 다른 이의 염병이 내 고뿔만 못하다더니. 내 꼴이 전형적인 내로남불이 되고 말았다. 자신이 하는 건강검진은 국민건강증진의 일환이고 그때의 노인은 죽기 싫어 마지막 안간힘 쓰는 추태로 보았다니. 여든의 나이가 멀리 있을 줄 알았는데 금방이네. 그깟 나이 뭐 대단한 것도 아니었군. 벌써 일흔 중반을 넘어섰지 않은가. 여든이 코앞이다. 건강검진 무용론은 남의 일처럼 쉽게 내뱉지 말았어야 했다. 생명이란 누구도 살 만큼 살았다며 적당한 시기를 잡아 포기할 수 있는 것이 아니지 않은가. '아직도 건강검진 하십니까?'라고 제게 묻는다면 나는 동문서답東問西答으로 못 알아들은 체 응답할 것이다.

'예, 저는 아직도 본처와 살고 있습니다.'

사전연명의료의향서事前延命醫療意向書

국민건강보험 공단으로부터 보내온 사전연명의료의향서 Advance Medical Directives 등록증을 받자 나는 서랍장 제일 깊숙한 곳으로 이것을 숨겨 버렸다. 우편물을 기다리고 있었기에 반갑기도 했지만, 한편으로 가족들의 반응이 어떨지가 염려가 되어 마음이 흔들리기도 했었다. 물론 신중에 신중을 기하여 내린 본인의 결정이라고는 하지만 이런 정도의 사안이라면 사전에 가족들과의 상의도 있었으면 좋았을걸 싶기도 했다. 가정에서 가장家長의 생사 문제는 '아버지 또는 남편' 개인에게만 한정되는 것이 아니라 자녀들을 포함한 가족 모두가 상관하여야 할 가정 공동체의 문제이었기에.

공자도 논어에서 신종추원慎終追遠을 강조하고 있지 않았던가. 장례는 살아있는 이들이 죽은 자를 보내는 주요 예절이니 마지막 가는 길을 신중하라는 훈계를 한 것이다. 이왕 돌아가실 거라면 고통이나 덜 받고 빨리 가라며 그냥 내버려 둔다는 것은 자칫하면 인륜의 도를 거스르는 패륜으로 비칠 수도 있다. 사전연명의료의향서(이하 의료의향서)는 이러한 폐해나 오해를 막기도 하고 아울러 마지막 순간까지 환자 스스로가 인간의 존엄을 지킬 수 있도록 해 주는 장치이다. 종래의 임종이 임박한 상황에서 가족을 포함한 주위 사람의 의견을 수렴하여 환자의 의료 방향을 정하는 간접 소통 방법이 아니라, 의료 수혜 당사자가 평소 성할 때 맑은 정신으로 자신의 의사를 문서로 남겨 놓음으로써 의료진과 임종자는 서류에 의한 직접 대면 소통을 할 수 있게 해 놓은 것이다.

의료의향서에 대한 결심 과정은 절대 쉽지 않았다. 즉흥적으로 결정할 사안이 아니었다. 매스컴을 통해 이 제도가 처음 홍보되고 있을 때부터 관심을 가지고 지켜보고 있었으며 망설임도 많았다. 그러나 눈앞의 현실은 개인적인 생각과는 많이 다르게 진행되고 있었다. 교통사고로 뇌를 다쳐 십 년이 넘게 의식을 잃고 병원에 누워있는 집안의 혈육이 있다. 가족의 생계도 팽개친 환자의 연명延命은 한 집안을 쑥대밭으로 만들고 있다. 어떤 젊은이는 부모가 위독하다는 연락을 받고 서울에서 내려와 회사에서 받은 보름간의 휴가 기간을 아버지 머리맡에서 임종을 지키는 데 사용하였다. 장례에 가보니 자식들이 탈진에 가까운 상태였었다. 인공호흡기가 생명을 연장하는 도구가 되기도 했지만, 병상에 누운 부모를 더 힘들게 만들고 보냈다는 아쉬움을 토로하고 있었다.

법제화(2016)를 오랫동안 기다리고 있었던 편이었다. 2019년 어느 날 가족 몰래 건강보험공단을 찾아가 의료의 향서에 관한 상담을 요청했다. 처음 제도가 출범했을 때보다는 연명 방법에 대한 조항이 더욱 세분되어 있었고 출범 시에 여러 항목 중 일부만을 선별수용을 하도록 했던 것을 취사 선택이 아닌 전체 항목 총괄 수용으로 변경되어 있었다. 구체적 내용은 이러했다. "임종 과정에 있는 환자에 대한 연명의료를 시행하지 아니하거나 중단하는 의학적 시술에는 심폐 소생술, 혈액 투석, 항암제 투여, 인공호흡기 착용, 수혈, 체외 생명 유지술, 혈압 상승제 투여 등"이었다. 내 생각으로는 인공호흡기 장착만 하지 않았으면 좋겠다 싶어서 생각이 달라졌다. 망설이고 있는 동안 안내 직원이 아직 마음의 결정이 덜된 것 같다며 다음에 보자고 했다.

이후 가까운 동창생 의사 친구가 있어 이 문제에 대해 상담을 했다. 친구는 큰 틀에서는 이 제도에 찬성하지만 한 번 더 신중히 처리해보는 것이 좋겠다는 조언을 해 주었다. 지금은 죽음이 멀리 있지만, 후일 생사의 갈림길에서 죽음이 가까이 있을 때도 똑같은 생각을 가질 수 있을까를 생각해

보라고 권했다. 그의 조언에 공감했다. 의료의향서를 한동안 잊고 지냈다. 그러나 한번 마음 먹은 것은 쉽게 뇌리를 떠나지 않았다. 결국 제 발로 건강보험공단을 다시 찾아가 의료의향서의 모든 항목을 선택하고 본인의 의사임을 서명하였다.(2020. 1. 15)

가끔 가족들에게 죄를 짓는 것 같아 미안한 생각이 들기도 한다. 남편의 이름을 부르며 절규하고 있을 아내, 아버지의 체온을 더 느끼고 싶어 하는 자식들의 몸부림을 생각하면 콧등이 시큰해지기도 한다. 가족들이 가장의 이러한 사망 준비를 얼마나 이해해 줄 수 있을까? 가족家族 구성원들은 모두 살기 위해 바둥거리고 있는데 아버지가 결심해 놓은 일이 기껏 죽는 일이었냐고 묻는다면? 나는 답해 주리라. 이것은 자학自虐이 아니라 자발로 결심한 일이라는 것을. 내 자신의 죽음에 대한 존엄death with dignity을 끝까지 스스로가 지키겠다는 아버지의 의지 표현을 담아 놓은 서류라고 말할 것이다.

지금은 등록증을 깊숙이 감추어 놓고는 남몰래 본다. 아이러니하게도 뒷날 큰일은 걱정이 없어졌지만, 반면 불원간에 보여주어야만 하는 의료의향서 반응이 되레 걱정이다. 바라옵건대 모두 너무 심각하게 받아들이지 않았으면 좋겠다. 평지에 풍파가 일지 않고 작은 찻잔 속의 태풍이 되었으면 하는 마음이다. 만약을 위해 그동안의 경과를 기록으로 남겨 놓는다. 필요할 때(모년 모월 모시)에 본인 의사를 대신하여 평소에 밝혀놓은 한 장의 의료의향서가 그대로 집행될 수 있기를 바라는 마음에서다.

모든 이에게 모든 것

　모든 이에게 모든 것, 이 문장文章은 선종하신 정진석(니콜라오) 추기경님의 문장紋章에 쓰인 글이다. 여기서 문장紋章은 유럽에서 중세부터 사용되어온 왕이나 귀족, 기사 등의 계층에 사용하였으나, 지금은 종교의 성직자, 대학 등에서도 사용하고 있다. (그림 참조)

　정 추기경의 문장紋章은 진홍색 모자를 아래로 민족의 복음화와 일치를 이룩하고, 평화를 증진하는 의미를 담고 있

으며 문장 하단에는 추기경님의 사목司牧 표어가 적혀 있다. 이 글은 신약성경 고린토 1서 9장 22절에 있는 '약한 이들을 얻으려고 약한 이들에게는 약한 사람처럼 되었습니다. 나는 어떻게 해서든지 몇 사람이라도 구원하려고, 모든 이에게 모든 것이 되었습니다.'* 중에서 마지막 부분인 '모든 이에게 모든 것'을 인용한 것으로 라틴어로는 'Omnibus Omnia'에 해당한다.

'모든 이에게 모든 것'은 역지사지易地思之의 마음이다. 상대와 같은 입장에 서보지 않고서는 진실로 상대의 어려움을 이해한다는 것은 어려운 일이다. 부자가 가난한 사람의 입장을 이해할 수 있을까? 영어 속담에 상대의 신발 안에 들어가 보아라Put oneself in someone's shoes가 있다. 상대와 같은 신발을 직접 신어보지 않으면 편하다 불편하다를 말할 수 없다. 가난을 겪어보지 않은 사람이 궁핍이 주는 불편이 어떤 건지 알 수 없듯이 그러하다. 다른 이를 섬기는 일은 위에서 내려다보는 것보다 눈높이를 같이할 수 있도록 아래로 내려와서 보아야 이들의 위로가 될 수 있는 목자가 될 것이다. 가난한 사람을 예를 들고 있지만, 그 예는 가난

---

* 'Holly Bible Oxford (1 Corinthians 9.22)

To the weak I became weak, so that I might win the weak. I have become all things to all people, so that I might by any means save some.

에만 한정되는 것이 아니고 상대가 '그 누구'이든 간에 기꺼이 이들에게 '그 무엇'이 같이 되어줄 수 있는 사목司牧자가 되길 원했다.

마치 나병 환자들을 돌보다 나환자로 살게 되는 목자가 된 데미안(1840~1889) 신부처럼 말이다. 데미안 신부는 '그 누구'를 위한 '그 무엇'을 몸소 실천하신 분이다. 처음에 데미안 신부가 몰로카이섬에 갔을 때 나환자들은 신부님께 마음의 문을 열지 않았다고 한다. 하지만 차츰차츰 신부님의 헌신적인 사랑에 조금씩 변화되기 시작했다. 데미안 신부님은 나환자들의 고통을 성심껏 돌보며 그들을 섬겼다. 결국 나환자들을 돌본 지 16년째 되던 해 신부도 나병에 걸리고 만다. 신부님은 그 절망적인 상황에도 "하느님께서 나환자들을 구원하시기 위해 나와 그들을 일치시켰다."라고 말했다고 한다. 아마도 정 추기경님의 사목司牧 표어인 'Omnibus Omnia'도 이런 영향을 많이 받지 않았을까를 조심스럽게 추측해 본다.

"모든 분들에게 감사드립니다. 항상 행복하세요. 행복이 하느님의 뜻입니다." 故 정진석(니콜라오) 추기경(1931~2021)의 선종 시 마지막 남겼던 말씀이다. 정진석 추기경은 마지막 순간까지 찾아온 추기경과 주교님들, 사제들에게 미안하다고 하시며 겸손과 배려와 인내를 보여주었다. 의료진,

사제들, 비서 수녀님이 지켜보는 가운데 편안하게 눈을 감으셨다. 정 추기경은 자신 수입도 모두 기부했다. 명동 밥집에 1,000만 원, 성소국(동성고 예비신학생반)에 2,000만 원, 청소년국 아동신앙교육에 1,000만 원, 꽃동네 노인환자들을 위해 2,000만 원, 정진석 추기경 장학재단 5,000만 원을 기부를 하고 떠나셨다. 평소 생명 운동을 이끌었던 정 추기경은 생전에 한마음 한 몸 운동본부에 장기기증 의사를 밝힌 바 있어, 선종 후 각막 기증이 이뤄졌다.

선종한 정진석 추기경은 1931년 12월 7일 출생, 1961년 사제품을 받고 1970년 6월 25일 청주 교구장에 임명되면서 만 39세로 주교가 됐고, 같은 해 10월 3일 청주 교구장에 착좌했다. 1998년부터 2012년까지 서울대교구장과 평양 교구장 서리를 지냈다. 정 추기경은 2006년 3월 베네딕토 16세 교황에 의해 추기경에 서임됐으며 2012년 은퇴를 하셨다. 정 추기경의 저서는 총 51권, 역서는 14권이다. 추기경님께서 마지막으로 하신 당부 말씀이자 고별사인 "감사합니다. 늘 행복하세요. 행복하게 사는 것이 하느님의 뜻입니다."라를 기억하며 추기경님의 영원한 안식을 빌어드린다.

언젠가Someday

'언젠가' 무엇이 되어 다시 만나자던 멋진 우정이든 아니면 싸움박질 끝에 씩씩거리며 삭히던 언젠가 너 두고 보자던 원망을 담은 '언젠가'였던 간에 친구 규圭에 대한 그리움은 글로 다 나타낼 수 없다. 그가 그렇게 서둘러 세상을 하직했으니 서른이 되지 않아 떠나버렸고, 나는 객지를 떠돌다 30년도 더 몇 년 전 우연히 그에 관한 이야기를 전 해 듣고 '언젠가'는 부질없는 꿈이 되었다며 애석하게 먼저 떠난 규圭를 아쉬워하는 글을 쓴 적이 있다.

올해 설 보름을 쇠고 나는 반 백 년 만에 고향 친구들 몇과 서로 수소문하여 연락이 닿아 점심을 먹었다. 그들도 나를 잊었고, 나 또한 그들을 잊고 지냈으니 50년이나 된 초등 동창의 얼굴을 얼른 알아보기가 쉽지 않았다. 그리고 이야깃거리가 많아 누가 어디서부터 어떻게 풀어갈지도 서먹했지만, 웃음소리가 방 밖을 새 나가기까지는 십 분을 넘지 않았다. 그들은 모두 재벌이 되어있었고, 나 혼자만 빈곤한 도시 중산층이었으니 마음도 편했다.

잘된 친구 하나가 있어 금의환향하여 친구를 대접하는 자리가 아니다. 머지않아 고향 바닥을 바탕으로 정계에 입문하려는 속셈으로 자리를 마련했다면 아마 그들은 같이 유유상종 하려 들지도 않았을 것이다. 할 말이 딸릴 때는 귀농은 아니더라도 귀촌 정도는 하고 싶으니 혹시 주말농장 할 정도의 땅이 있으면 내놓으라고 너스레도 떨어도 될 분위기가 되었다. 부모가 농지 팔아 대학 등록금 하숙비 보내던 때에 부모님 가업을 이어받아 소먹이고 농사짓던 친구들. 그들에게는 금싸라기로 변한 땅 부자가 되어있었다.

규圭에 대한 이야기까지 나왔다. 큰아들 눈치 보며 막내아들을 챙기시던 그의 어머니도 돌아가셨고, 친구에게 자주 괴로움을 주었던 맏형마저도 세상을 벌써 떠났다고 하니 마을엔 내가 알 수 있는 사람이라고는 자치기 친구 한 사람이 고작이다. 그는 규圭가 성내로 유학하여 나와 같이 룸메이트로 지난 일을 알 리가 없다. 부담 없이 거리낌 없는 표현을 섞어가며 들려주는 그들의 이야기는 어이가 없었다. 나는 '언젠가'를 떠 올리며 친구를 회상하는 글을 썼었지만, 그것은 얼마나 부질없은 감상이었는지 자책하고 말았다.

규圭는 조금 일찍 결혼했다고 했다. 대학 대신 국가 공무원이 되어 생활도 그렇게 궁핍하지 않았으며 자녀도 둘을 두었다고 했다. 내게는 모두 처음 듣는 이야기다. 그가 교통사고로 사망하자 상당액의 위자료가 부인 앞으로 나왔다고 했다. 자식이 둘이나 있으니 그걸 종잣돈으로 잘 키워 알뜰하게 살림을 꾸리기를 바랐다고 했다. 운명이란 실타래는 그렇게 술술 풀리는 것은 아닌가 보다. 그녀는 자식을 놓아두고 떠났다고 했다. 이야기는 여기서 정지되었다. 아니 정지시켰다. 비극은 여기까지로도 충분하다. 마음이 아파 더 귀를 열어둘 수 없었다. 친구 또한 이후 규圭의 부인 이야기는 더 알지 못한다고 했다. 열네댓 살 소년의 'Someday'는 막을 내렸다.

아는 사람, 알고 지내는 사람

나이가 들면 기억장치의 도움을 받지 않고 전화를 걸 수 있는 곳은 얼마 되지 않는다. 이는 마당발이나 꽁생원이나 사정은 마찬가지일 것이다. 서로 인사나 하고 지내는 정도라면 아는 사람이다. 전화번호를 적어 놓지 않아도 생각나면 전화를 걸 수 있는 정도라면 알고 있는 사람이다. 아는 사람은 많을지 몰라도 후자는 그리 많지 않다. 적어도 인간관계를 위해 별도의 공을 들였거나 인척 관계에 있는 사람이라야 '알고 있는 사람'이라 할 수 있을 것이다. 갑자기 집안 대소사를 만나면 급한 나머지 이 둘을 구분하지 못해 이웃에게 실례나 피해를 주게 된다.

부조扶助의 사전적 의미만 보아도 그렇다. 부의나 축의는 상호 도움을 주고받는 개념이다. 한쪽은 받고 다른 한쪽은 늘 주는 쪽이 되는 경우는 부조가 아니라 상납上納이나 공출供出이 된다. 동기회나 계모임 또는 업무 관련 업체나 전직

회사직원 명부를 아랫사람에게 건네주고는 일괄적으로 초대장을 살포해 버리는 방법은 초대가 아니라 고지서告知書 발급이나 무엇이 다르랴. 그러나 본인이 상대로부터 먼저 도움을 받고 화답하지 않으면 오히려 무례한 일일 것이니 불편을 무릅쓰고라도 초대에 응해야 한다. 구시렁거린다면 사회생활 부적격자다.

봄·가을에 집중적으로 날아오는 결혼식 초대장은 하루에도 몇 건이 되기도 한다. 시나브로 찾아가야 하는 상가喪家 부고訃告까지 생각하면 웃고 넘길 가벼운 일이 아니다. 일흔의 나이라면 경제 활동을 접은 이들이 대부분이다. 길흉사 큰일 다 치르고 잊고 지낼 만도 한데 아직도 축의금 부의금 타령을 한다는 것은 사리에 맞지 않는다. 혹시라도 이혼이나 재혼식 초대라면 어떨까 싶지만 이런 것은 남세스레 쉬쉬하고 지내는 것이지 자랑하고 축하받을 일이 아니지 않겠는가.

사람은 이기적이다. 이기적인 정도는 학식이 높아질수록, 먹고살기가 나을수록, 사회적으로 존경받는 위치에 있는 사람일수록 심하다. 세상 시정市井이나 세태世態 모르고 사는 사람이 많다. 부의나 축의는 양방향이 아니라 아래서 위로만 올리는 각출各出쯤으로 가볍게 여긴다. 말을 바꾸면 상대는 내놓아야 내게 도리를 하는 것이고, 나는 상대가 필요할 때 나타나 줄 수 있는 슈퍼맨 정도로 떳떳하면 그만이다. 개업한다고 연락하고, 조부모 미수米壽라며 연락하고 그분들 상喪 당했다며 부고 내고, 자녀들 첫째, 둘째, 셋째, 결혼 초대장을 보낸다. 이기적인 사람치곤 정도가 상당히 심한 경우이다. 정작 상대방의 자녀 개혼開婚에는 일요일은 주일이라며 장로, 권사 교회 직위나 들먹이며 발품을 팔지 않는다.

　자식의 결혼은 부모의 도리요 부모의 상례는 자식의 도리다. 자식 결혼식은 부모가 울타리가 되어주어야 하기에 부모 쪽 어른들을 중심으로 청첩이 되고, 이와는 달리 부모 상사 시에는 자식들이 중심이 되어 부모에게 따뜻한 보답을 해야 하는 자리이니 부고 또한 자녀들 몫이 되어야 할 것이다. 축의나 부의에 대한 답신 가운데는 귀댁의 대소사에도 연락해 주길 바란다는 문구가 빠지지 않는다. 축의를 오래전 받았으나 상대 쪽에 길흉사吉凶事 해당 사항이 분명히 없을 때는 그쪽의 소사小事라도 살펴주어야 한다. 상부상조로 호혜互惠의 평등을 이루어 주어야 도리일 것이다. 예를 들어 상대가 문인이라면 새 책을 상재했다거나 문학상을 받았을 경우라면 작은 꽃다발 하나가 얼마나 반가울까. 몇 권 사 주겠다며 책 더 보내 달라는 소리를 들었다면 얼마나 기쁠까. 마음의 여유를 가지지 못하는 사람들에게는 동화 같은 소리로 들리겠지.

아는 사람과 알고 지내야 할 사람을 이제 조금 알 것 같다. 큰일을 치를 때 자녀들에게 동기 주소록이나 문인 주소록을 던져주어 일괄 공지를 하게 만드는 이를 경계하자. 귀댁의 대소사에도 연락해달라는 헛인사라도 해 주는 사람은 약간의 양심이 있는 쪽이다. 그러나 부조를 숫제 거둬들이는 것으로만 알고 있는 위인은 아는 사이도, 알고 지내는 사이도 되지 못할 이기적인 사람이다. 나이 헛먹었다는 생각할 때가 있다. 초청장만 쥐면 나는 왜 이렇게 작아지는가? 나이 일흔에도 아직 마음이 여린가 보다. 논설은 이렇게 번지르르해 놓고도 행동은 강단剛斷이 쉽지 않고 있다.

신문에 크게 났는데

인척 중 한 분이 돌아가셨다. 재계에서는 너무나 잘 알려진 유명인사다. 그러나 이분의 사망 소식을 한 달이 넘어서야 알게 되었고 문상을 가지 못한 것에 대해 지금도 죄송한 마음이 크다. 다행히 코로나19 그늘에 가리어 조문 방법이 예전과 같지 않아서 망령이지 유족에게는 큰 결례가 되고 말았다.

시대가 많이 달라졌다. 개인별로 부고를 내는 경우는 거의 없다. 주로 신문광고를 이용한다. 해당 신문을 받아보지 않는 사람은 알 수 없다. 이런 불편 때문에 주요 일간지 여러 곳을 활용한다. 아무리 여러 곳을 활용한다 해도 신문 사각死角지대에 있는 나에게는 개인적인 연락이 아니고는 방법이 없다.

나는 일간신문 하나만 구독하고 있다. 〈국방일보〉다. 군문을 떠난 지 22년의 세월이 흘렀지만 군 소식이 제일 반갑다. 전후방을 통해 활동하고 있는 국군의 소식을 접하며 하루를 연다. 현역으로 있을 때인 70년대는 1장짜리 주간지로 전우신문이라고 이름했다. 90년대 전역할 즈음에는 24면의 일간지가 되었다. 기사 내용은 종합, 기획, 병영, 연중기획, 국내외 소식, 기획, 감성, 외국어, 오피니언, 문화, 연예, 재미, 스포츠 등 일반 신문과 다를 바 없이 다양한 읽을거리를 제공하고 있다. 내가 읽어야 할 것은 이 정도면 충분하다. 축구선수 손흥민이 몇 골을 넣었는지, 가수 BTS가 '버터'로 빌보드 차트 1위에 올랐다는 것까지도 〈국방일보〉를 보고 안다.

오랜 군 생활을 통해 군대 체질이 되어있다. 시사성, 진영논리, 정치적인 사안들은 모두 관심 밖이다. 다른 신문은 볼시간도 없을뿐더러 오히려 의도적으로 보지 않는다. 군사전문가가 전역 20년 후에 군이 어떻게 돌아가고 있었는지도 모르고 헛소리나 하고 있다면 얼마나 한심해 보이겠는가? 미래 전투기 'KF-21'의 개발 사항도 〈국방일보〉를 통해 상세하고 읽고 있다. 중앙지든 지방지든 일반 신문은 보지 않는다. 라디오와 TV가 조석朝夕으로 조금 모자라는 시사 2%를 채워 주고 있다.

코로나19 상황에서 장례식장 조문도 많이 달라졌다. 유명 인사들의 장례식장은 늘 붐볐으나 지금은 방역수칙을 지키라는 정부의 방침 때문에 예전 같지 않다. 따라서 조문 못 가는 경우라도 크게 서운해하지는 않는다. 특히나 상주일 경우 지인들에게 일일이 문자나 전화로 알려주는 일도 불가능할 것이다. 위의 경우 주요 일간지에 관련 기사도 나오고 부고가 있을 경우이니 갑작스러운 변고에 재래식 방법의 통신 수단을 기대한다는 것이야말로 세상 물정 모르는 일일 수밖에. 연락을 못 받았다며 서운해하지 못한다.

　〈국방일보〉 신문 한 장을 우체국 우편으로 유가족에게 보내드렸다. 주요 일간지 신문을 구독하지 않아 사망 소식을 몰랐다고 했다. 얼마나 구차한 변명인가. 신문 한 장도 보지 않는 사람이 있다고? 아무리 설명해도 유가족에게는 이해가 되지 않았을 것이다. 전투에서 전사한 사람을 모시는 곳이 국립묘지이듯, 〈국방일보〉에는 순직한 용사들만 기사가 된다는 것을 보여드리기 위한 방편이 되기도 했다.

안녕히, 스잔나 님

돌아가신 분이 생전에 얼마나 신앙생활을 열심히 했는지는 알 수 없다. 어느 봉사 단체에서 봉사활동을 해 오신지도 모른다. 본당 사제의 말을 빌린다면 스잔나(세례명) 님은 일찍이 남편을 잃고 어려운 환경에 아들 하나를 두고 살아오신 할머니라고 소개했었다. 아들은 비록 성년의 나이지만 지적 장애가 심하여 설상가상으로 일상의 대화조차 어렵다고 했다.

장례식장을 찾아갔다. 문상 올 손님도 아무도 없을 거라던 전언傳言처럼 문상자는 없었다. 상주라고는 소통이 어려운 아들과 이를 돕고 있다는 할머니 한 분이었다. 조문을 받을 수 있는 정상적인 공간이 못 되는 임시 대기실을 상가喪家로 이용하고 있었다. 병원 장례식장은 다행히 가톨릭 재단에서 운영하는 곳이어서 본당 신부님의 도움 덕분이었을 것이다.

소매 깃 한 번 스친 적도 없는 생면부지의 교우教友지만 11월은 가톨릭에서는 돌아가신 분들을 위해 기도하는 위령성월이지 않은가. 먼 곳까지 가지 않아도 가까이서 연도煉禱할 기회를 가질 수 있도록 해 준 망자亡者에게 고맙다는 마음도 있었다. 초라했던 상가의 모습을 생각하니 아무래도 참석 인원수가 매우 적을 것 같아서 장례미사에도 참석했다. 앞쪽에 위치한 영정 사진에 자꾸 눈길이 갔다. 사진을 보니 젊을 때의 것인지 몰라도 스잔나 님은 더 오래 사셔도 될 성싶은 고운 얼굴이었다.

혹자는 죽음은 평등의 관문關門이라고 했다. 스잔나 님은 살아생전에는 삶의 평등은 누리지 못했을 것이다. 그러나 죽음에서는 모든 이에게 공평하게 주어지는 평등을 누렸다고 본다. 우선 영원히 사는 자 없이 누구나 죽을 운명인데 스잔나 님도 죽었으니 이것은 기회의 평등을 누린 것이고, 다음은 세상을 떠날 때는 모든 것 다 놓아두고 빈손으로 떠날 수 있도록 다 같이 주머니 없는 수의를 입을 수 있었다는 무소유無所有의 평등을 누린 셈이고, 마지막으로 죽음은 누구나 평등하게 예고 없이 들이닥치는 것이라 했는데 스잔나 님의 갑작스러운 죽음은 마지막 관문에서 누구나 누릴 수 있어야 하는 평등한 대접일 것이다. 서양 속담에 끝이 좋으면 다 좋다고 하지 않았던가.

돌아가신 분에 대한 추모 방식은 사회적 통념과 종교인들의 시각에 차이가 있다. 사회적 통념에서 죽음은 슬픈 것이고 어두운 것이지만, 기독교인들에게 죽음이란 이 세상에서 살다가 또 다른 삶으로 옮겨가는 것이다. 하느님 품으로 돌아가는 것이니 기뻐해야 할 일이지 않겠는가. 사회적 통념은 개똥밭에 굴러도 이승이 저승보다 낫다고 했다. 삶에 대한 애착과 아쉬움이 너무 크다. 반면에 기독교인의 종교적 시각은 죽음은 곧 소천召天이어야 한다. 하느님의 부르심이니 축하받을 일인지도 모른다. 오늘 성당에서 바치는 고별 미사는 후자가 되어야 하겠다. 그러나 천국을 간다고 해도 석별의 장場이니 망자亡者를 떠나보내는 아쉬움이야 어찌할 도리가 없다. 스잔나 님의 영원한 안식을 빌며 정성껏 기도와 찬송을 바쳤다.

"주님, 이 세상 떠난 스잔나 님을 받아 주소서. 이제 천주를 섬기는 새날을 맞으니 당신 종이 이 세상에서 부족했던 것들을 굽어살피시어 부디 천국에서는 복락을 함께 누리는 영광을 그녀에게 내리소서."

미사를 마치고 밖을 나오니 대형 영구차 대신 자그마한 승합차가 망자를 기다리고 있었다. 성당 마당에는 낙엽이 쌓이고 하늘은 맑고 쾌청하게 뚫리어 모두 축복받는 소천이라고 했다. 박복薄福하고 지난至難하였을 이승에서의 생활

을 훌훌 털고 스잔나 님은 하늘에 올랐다. 훗날 우리를 향해
기도해 주는 아름다운 영혼이 되기를 바라는 마음을 담아
서 나는 조용히 성호聖號를 그었다.

어떤 부고訃告

봄, 가을에 오는 우편물은 주로 혼례에 대한 초대이고, 부고訃告는 사계절四季節 구분이 없어 사계절死季節이 되어 문자 메시지는 밤낮을 가리지 않는다. 그도 그럴 것이 제 나이도 일흔 중반에 들었으니 한참 인생의 가을이 되어 나뭇잎으로 떨어지고 있으니 동년배同年輩뿐만 아니라 위로 십 년 아래로 십 년이 그런 나이가 아니던가. 사랑하기 딱 좋은 나이라 노래는 하지만 그보다는 딱 돌아가시기 좋은 기저基底 질환자疾患者들이 아니던가.

부고訃告가 있었다. 늦은 밤이었지만 선배님의 다급한 부탁이었기에 얼른 필기구를 대령하여 메모하기 시작했다. 옛날 당신이 직속으로 모셨던 내 친구 박○철이가 별세했다는 알림이었다. 5년이나 높은 선배 기수들의 일이니, 긴장을 늦출 수가 없었다. 아들 상주가 외지에 있다 돌아와 황망 중에 지인들에게 제대로 알려드리지 못했고 더욱이 망

자가 장기기증을 해 놓은 상태라서 대학병원에서 망자의
역할이 끝나야 정식 장례예식을 치를 것이라 장례식장 이
름도 없다고 했다. 갑작스러운 연락에 더욱 난감했던 것은
장례장소와 발인일시가 없는 부고를 띄운다는 것이 난감했
다. 두 분이 서로 동기분이고 본인도 두 분을 잘 아는 사이
라 어느 쪽을 보아서라도 발 벗고 나서야 할 애사哀詞임이
틀림없으나 바늘허리에 실 매어 못 쓴다더니 상주 전화번
호도 없고 은행 계좌번호만 달랑 했다가는 돌아가신 분을
욕되게 할 수가 있어 무척 조심스러웠다. 전화번호를 확인
해 주신 바람에 상주와 통화가 가능했고 확인 결과 모든 일
은 아무 일도 아닌 것으로 종결되었다.

돌아가신 분의 이름이 박△철이며, 상주의 이름은 박영
이라고 했다. 몇 번을 확인했으나 이름의 중간 자가 빗나갔
다. 선배님 존함은 박○철이어야 하는데 중간 자가 달랐다.
어지간히 경황이 없으셨던 모양이다. 잠시 쉬었다가 확인
을 반복한 결과 망자亡者는 생면부지生面不知의 사람이었고
다행히 선배와는 아무런 상관이 없던 분이었다. 다만 초동
단계에 부고를 전해주신 분이 잘못된 정보를 그대로 생산
하여 후배에게 전함으로써 일어난 해프닝이었다. 선배님은
늦은 저녁 시간 사랑하는 후배에게 미상불의 임무로 당황
하게 해서 대단히 미안하다는 문자를 보내왔다. 그나저나

돌아가셨다는 한 분이 분명 무탈하시고 착오였다고 하니 얼마나 다행한 일인가, 더욱이 여든의 연세에도 서로 길사 吉事 애사哀詞에 대한 호의에서 일어난 일이니 이를 어찌하 겠는가. 서로 돕겠다고 나서는 노년의 선배님의 우정이 더 욱 존경스러웠다.

유품, 치워드립니다

'금이빨, 놋그릇, 레코드판, 은수저, 헌 손목시계, 기타 옛날 물건들. 부모님 요양원, 양로원 모시기 전 골치 아픈 짐 몽땅 치워줍니다. 이제는 힘들게 치우지 마시고 전국 어디든 전화주면 달려갑니다.'

이는 유품 정리업체 전단지 내용이다.

아니 치아까지? 이 깨물고 죽어야겠군. 임플란트는 해당 사항이 없어 다행이군. 난 차남이라 제사를 지내지 않기에 놋그릇도 해당이 없고, 레코드판은 모두 흘러간 노래라 세월과 함께 흘려보내 버렸고, 시골에서 흙수저로 태어나 자랐으니 지금까지 금수저는 말도 못 들어 보았고, 시계 또한 핸드폰 덕분에 모르고 산 지 오래여서 다행이다. 돈 되는 것이 별로 없으니 유품 정리 장사도 썩 반기지 않을 것이다.

장사익의 노래 '꽃구경'에서는 자식 등에 업혀 '꽃구경' 가자는 말은 부모를 산에 버리고 오겠다는 말을 에둘러 표현한 것이다. 때가 되면 부모도 이를 알고 순순히 자식 등에 업힌다. 시대가 달라졌으니 요즘은 자식들이 요양원이나 양로원으로 잘 모시겠다면 옛날 옛적 '꽃구경'을 떠올려도 좋을 듯하다. 모시겠다는 말이 참으로 어설프게 변질하여 버렸다.

양로원이든 요양원이든 또는 집에서 죽어 나가든 이 세 가지 경우의 수가 모두 자식에겐 '골치 아픈' 짐이로구나 싶어 서글퍼진다. 현대는 검은 옷 입고 들이닥치는 귀신류의 저승사자는 없다. 산 사람이 '죽지 않은 사람'을 통째로 데리고 나간다. 이들의 말대로는 모시고 간다. 노란 구급용 승합차가 아파트 현관 앞에 서고 흰 가운 입은 사람 몇이 들것을 들고 오르고 있으면 나를 이제는 저들이 모실 때가 되었구나 하며 마음의 준비를 해야 한다.

얼마 전 재활용 폐지 통에서 회고록 한 권을 회수할 수 있었다. 저자는 이웃집 할아버지였다. 40년에 가까운 교직 생활, 자식들 건사하기 부인과의 사랑까지 담긴 자비 출판물이었다. 내게 대단했던 것이 꼭 남에게도 소중하리란 법이 없다는 것을 할아버지는 아셨던 것이다. 자서전까지 내다 버리다니. 귀한 것일수록 자신의 손으로 처리하고 떠나겠다는 마음이 있었던 것 같다. 노인네는 살고 있는 집을 팔아 돈만 쥐고 가재도구를 모두 내다 버렸다. 할아버지는 요양원으로 할머니는 아들이 사는 곳으로 떠났다.

똑똑했던 사람도 '우물쭈물하다 내 이럴 줄 알았다'면서 비문에 새겼는데 나는 혹시 우물쭈물하면서 머뭇거리고 있지나 않는지? 이러다가 이 사람 꼴 날 것 같기도 하다. 골치 아픈 유품으로부터의 자유를 위해서 이웃집 할아버지와 같은 강단의 마음가짐이 서야 할 나이가 아닌가. 미리 버리고, 비우고, 손 털고 있다가 꽃구경 가자면 가볍게 자식 등에 어부바할 수 있는 부모가 되고 싶어진다.

차려입고 마실이라도

정장에 조끼, 넥타이까지 여간한 성의가 아니다. 기껏 경로당 오면서 양복 차림으로 마실 나서는 심사를 알다가도 모를 일이었다. 젊은 날 사회생활의 추억 때문일까? 제 흥에 겨워서일까. 이목을 끌기 위한 고육책苦肉策일까. 잘 입어야 대접받는다는 걸 늦게서야 아신 것일까.

노인의 정장은 가장행렬假裝行列 같아 보여서 거북하기도 하고 안쓰러웠다. 그 어른 떠난 지도 어언 강산이 한 번 변했고 내 나이 일흔 하나[望八]에 서서 불현듯 그 노인을 떠올리고 있다. 아마도 나를 본다면 이렇게 꾸짖을 것이다. '너는 여든 살 살아 보았니? 나는 여든 살 살아 보았다'라며.

모임에서 나누는 대화 중에 으뜸가는 것이 곧 '마음 비우기'가 되었다. 법정 스님 영향일지 모른다고 생각해 보지만, 나이 들어가는 자연적인 현상이지 않겠는가? 책 내다 버리기, 헌 옷 내다 버리기, 가재도구 버리기 등이다. 늙어가는 것도 자연의 순리요, 쓰는 가구 낡고 구식이 되어가는 것도 자연스러운 일이다.

갑년을 지나면서부터 시작되었던 버리기는 아직도 진행 중에 있다. 빈집에, 빈방에 혼자 남게 될 날은 언제쯤이 될까? 비우고 또 비워내도 끝이 없다. 원인은 딱 하나다. 아직도 숨 쉬고 살아있기 때문이다. 생활공간에서 불필요하다며 솎아내는 기준이 가족 구성원마다 달라서 아내 마음 다르고 남자 주장이 다르다.

정말 버릴 수 없는 것이 있다. 귀한 신줏단지 모시듯 장롱 가장 좋은 위치에 좀약 넣어 보관하고 있는 양복들이다. 이는 누구나 가질 수 있는 고민거리다. 바깥양반이 가족 부양을 위해 조석으로 차려입고 경제활동을 나서던, 생활전선에서 목숨 걸었던 갑옷 같은 것이 정장이 아니겠는가? 본인도 그렇겠지만 가족들이 더 쉽게 버리지 못하는 이유다.

경로당에 정장으로 출근(?)하던 어른도 이런 처지였을 것이다. 특히나 퇴직 전후에 맞춰 입었던 정장이라면 더했을 것이고, 스무 해 넘게 좀약 넣어 옷장에 보관해 놓았던 양복, 조끼, 그리고 와이셔츠. 누가 의류 보관함에 내다 버릴 수 있었겠나. 버릴 참이었으면 진작 없애든가 아니면 입고 닳아 없앨걸 싶었을 것이다.

어진 딸이나 며느리 있었겠지. 아버지(시아버지)에 대한

136

효심에 한 해 한 해 시름이 깊어갔겠지. 자식들이 생각다 못해 "아버지, 양복 한번 실컷 입어나 보세요." 노인에게 제안했을지 모른다. 경로당 나갈 때라도 입고 나가는 집안 어르신 모습을 다시 보고 싶었을 것이다. 그때 그 모습이 아니더라도 좋다. 단지 그 느낌을 다시 가지고 싶었을 것이다. 지나간 젊은 날은 다시 돌아오지 못한다.

옷장을 정리하고 있다. 그동안 여러 차례 걸쳐 비워 내고 있다. 옷은 책과 달라서 매정하게 정을 떼어낼 수가 없다. 친척에게 권해도 보지만 흥행이 별로 되지 않는다. 오히려 부담스러워하는 눈치들이다. 불우이웃돕기에 내보낸 적도 있지만 생활 수준이 높아지고부터는 이웃도 반기지 않는다. 경로당에 정장 입고 나오시던 그 노인의 심정을 이해할 것 같다. 불원간에 나도 정장 차림으로 장기판 옆에 앉아 있었던 경로당 옹翁이 되지 않을까 걱정이다. 옛말에 욕하면서 따라 배운다고 하지 않았던가.

하늘의 그물

하늘의 그물은 성글지만 아무도 빠져나가지 못합니다.
다만 가을밤에 보름달 뜨면 어린 새끼들을 데리고 기러기들만
하나둘 떼 지어 빠져나갑니다.

　　　　　　　　　　　　　　　　　- 정호승 「하늘의 그물」

　괴테의 '눈물 젖은 빵'의 시구와 닿아있습니다. 아무렇게나
생각 없이 살아도 되는 것일까? 하늘 길이 참 느슨해 보여도
그 그물은 촘촘하기 그지없습니다. 전능하신 분은 가련한 인
간들을 죄짓게 그냥 놓아주는 관용만 베푸는 척하는 분이 아
닙니다. 결코 엉성하고 느슨한 그물의 주인이 아니십니다. 오
히려 지은 죄 이승에서 다 갚고 가도록 채근採根하는 촘촘한
그물의 소유자이십니다. 세상을 잘못 산 사람은 언젠가 눈물
젖은 빵을 먹으며 고뇌에 찬 밤을 보내야 하는 처절함을 드리
우게 될 것입니다.

눈물 젖은 빵을 먹어본 적이 없는 자/ 고독한 침상에서/ 울면서 근심에 찬 몇 날 밤을 지새워 보지 못한 자/ 그대는 알지 못하리/ 천상적 존재의 힘을./ 우리에게 생명 주고 또 다스리시니/ 가련한 인간을 죄짓게 하고/ 그리하여 고통의 나락으로 내팽개치시니/ 심지어 이승에서 죗값을 갚고 가게 하려는 도다.

- 괴테 「눈물 젖은 빵」

그래서일까요? 천국이 하늘에서와같이 땅에서도 이루어지기를 바라는 마음으로 살라고 가르치고 계십니다. 잘 처세하고 산 것 같아도 탐貪·진瞋·치癡의 삶은 길 떠나기 전에 꼭 정산精算해야 할 부채負債에 지나지 않는다고 봐야겠지요. 그분의 그물은 성능이 매우 좋아 미주알고주알 하나 빠뜨림 없이 걸러내고 있습니다. 어제도 오늘도 또 내일도 저마다의 인생사를 성적표 매기듯 채점하고 있을 것입니다. 뇟에 걸려 오도 가도 못하고 먼 밤하늘을 올려보는 신세가 되어서야 되겠습니까? 어린 새끼를 데리고 유유히 그물을 빠져나가는 새 가족家族이 부럽다고요? 새는 결코 공중에 곳간을 가지고 살지 않는답니다.

특별한 프로젝트

정부에서 하는 일에는 프로젝트란 이름이 많다. 대개 그 프로젝트 이름은 은어隱語이면서도 행사나 사업에 관련된 별칭Nick name으로 부르며, 어떤 것은 기밀에 해당하는 것도 있어 너무 깊이 파고들었다가는 어두운 시절에는 곤욕을 치를 수도 있었다. 오랫동안 프로젝트에 재미를 느끼고 공직에서 물러난 탓인지 대수롭지 않은 일에 프로젝트명을 붙이고 싶었다. 태평양 프로젝트가 이런 유類의 것이다.

아이들은 모두 결혼을 마쳤다. 정히 마음 쓰일 일이란 그리 많지 않다. 정히 마음 쓰일 일이란 그리 많지 않다, 평소 꺼림칙한 것이 있었다면 그동안 모아온 골치 아픈 사진첩 처리에 관한 고민이다. 직장생활을 했던 우리 또래의 연배라면 대부분 그러할 것이다. 보직 이동이나 전출에 따라 환영과 송별 행사가 많았고 이럴 때 정표로 주는 것이 재직기념패가 아니면 앨범이다. 내 경우도 30년의 세월이 흐르고 보니 그 분량도 대단해져 손쉽게 다루어질 것이 아니었다.

마침 아이가 시집으로 가는 날짜가 잡혀 앞으로 두어 달 집에 머물 시간적 여유가 있는 것 같아 앨범 정리나 시키자는 생각에 대단한(?) 프로젝트를 구상하였고, 시가媤家가 태평양 건너이니 그 이름을 '태평양 프로젝트'로 이름했다. 어디서 많이 들어본 친숙한 이름이 아니던가. 모르면 몰라도 대통령이 미국을 방문할 때 은어로 쓰일 법한 작명이다. 나라님 프로젝트를 일반인용으로 만들어 놓고 보니 마음이 뿌듯했다.

식구랑 아이는 크게 웃었으며 그 시한은 결혼 후 떠나는 딸 아이 출국일 전까지 마무리하기로 했다. 그러나 이 프로젝트는 착수도 못 하고 아이는 연말에 출국하여 버렸으니 나는 말만 앞세운 허풍쟁이가 되어 원망만 들었다. 애초부터 구속력도 없었고 또한 프로젝트 완료 이후 인센티브 incentive도 약속하지 않은 상태였기에 가족들에게 원망도 할 수 없었다. 유휴노동력(?)을 이용하려던 아버지의 얕은 술수術數는 허무하게 실패로 돌아가 버렸다.

태평양을 사이에 두고 신혼에 대한 설계와 밤낮이 바뀐 두 청춘 남녀의 뜨거운 전화 통화 앞에 태평양 프로젝트는 전혀 호소력을 얻지 못했다. 시기를 잘못 만난 것이다. 신혼

부부에겐 이보다 더 급한 일들이 많았을 것이다. 별로 다급한 일도 아니니 아버지 일은 관심 밖의 일이 되었다. 대안代案을 찾아보았으나 묘안이 없었다. A아니면 B, 최선이 아니면 차선을 택하자.

밖에다 외주 의뢰하면 어떨까? 이런 많은 양의 사진을 스캔하려면, IT업계에서는 아르바이트생을 들여야 할 것이고 그러면 상당한 액수의 돈을 요구할 것이다. 돈이 많이 들어간다는 말에 식구는 관심을 보였었고, 아내에게 간단한 스캐닝 기술을 가르쳤다. 식구는 앨범 한 권의 스캔을 한 달에 걸쳐 마감하였다. 얼마나 장한 일인가? 우린 쾌재를 불렀다. 그러나 그것은 잠시였을 뿐, 서른 권이 넘는 분량을 작업하기란 전업주부의 실력으로는 일 년 이상 걸릴 것이라는 것을 셈해보고는 못 하겠다며 반기反旗를 들었다. 섣불리 일을 맡았다가는 보고 싶은 연속극 한 편도 못 보게 될 것이 뻔하기 때문이라는 이유에서다.

생활의 양식이 아파트로, 가족의 모양은 핵가족으로 변하였다. 어디 사진 한 장 걸어둠 직한 벽면 공간도 문제려니와, 마음의 여유들도 없다. 침실에는 자기 결혼사진이나 대문짝만 하게 걸어놓고, 소파 옆에는 아이의 돌 사진 정도가 고작이겠지. 이런 비좁은 공간에 하필이면 돌아가신 선친의 사진이 반갑기나 할까? 나도 내 부모 사진첩 간수 못 하고 살아왔는데 자식에게 이 많은 앨범을 통째로 물려준다면 이건 자식에게 고통을 넘어 형벌을 가하는 것이 되리라.

추억은 누구에게나 아름답고 소중하다. 그래서 보듬고 간직하여 오래오래 내 곁에 두고 싶어 한다. 사진은 살아온 흔적이며 가장 확실한 재래식 기억 방법이다. 지나간 세월의 영욕榮辱은 사진첩만이 유일하게 증거가 되어 줄 수 있지 않을까. 대개 이순耳順의 나이를 넘기면서부터는 온통 사진첩으로 서재가 가득해지고 이것 때문에 한바탕 고민해 보지 않은 사람은 없으리라.

여름은 유난히 더웠다. 열대야는 평화로운 일상을 무더위로 마비시켜 버렸다. 사고思考가 요구되는 일이나 생산성이 있는 일은 엄두를 낼 수가 없었다. 그렇다면 이럴 때 남의 손을 빌리기보다는 나 자신이 이열치열 삼아 막노동을 해 보자. 나는 스캐너를 준비하여 앨범 복사 작업을 시작했다. 밤낮으로 작업을 했다. 피서의 방법으로는 가혹했으며 가장 원시적인 고난의 삼복을 지냈다. 오른쪽 어깨와 목 부위에 후유증을 겪기도 했다. 덕분에 나는 태평양 프로젝트를 한 달 만에 가까스로 마무리할 수 있었다.

30년 세월과 30권의 책 같은 삶의 흔적을 조용히 정리한 것이다. 한 장의 CD 속으로 들어간 영화 한 편은 두고두고 볼 수 있겠지만, 먼지 쌓인 빛바랜 대하소설을 열어볼 사람은 본인 '자신' 말고는 없을 것이다. 설령 그것이 내게 아름답고 소중했다 하더라도 나와 더불어 사라져야 한다. 자식에게 성가신 유품이 되기 전에 서른 권의 앨범들을 모두 내다 버렸다. 태평양 프로젝트는 완성되었고 한 장의 CD 속에 가족 이야기가 모두 담아졌다. 후일 유품이 되어 손수레에 실려 나갈 사진첩을 내 손으로 직접 해결해 놓은 셈이다. CD로 여러 장 복사하여 세 아이에게 각각 보냈다. 후일 자식들은 말할 것이다. 다른 건 몰라도 '태평양 프로젝트'야말로 아버지가 이루어 놓은 큰 업적이라며 두고두고 고마워할 것이다.

- 저자의 책 『돼지』에서

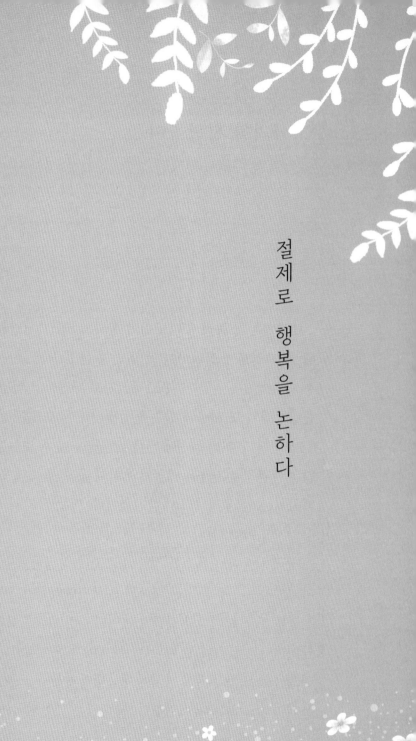

절제로 행복을 논하다

태극기를 사랑하여

　태극기는 소중하게 다루어야 한다. 나라의 체면을 생각해서다. 일제에 항거하여 독립 만세 불렀을 때, 손기정 선수 가슴에 일장기를 떼 내고 태극기로 대신하고 싶었을 때, 중앙청에 수도 서울의 탈환을 상징하며 국기를 게양할 때, 6.25 전쟁 시 피의 능선에 태극기를 꽂을 때, 우리는 얼마나 많은 애환의 순간들을 태극기와 함께 울고 웃고 해 왔던가? 태극기는 곧 우리나라 대한민국이다. 더는 국기의 체면을 구기지 말아야 한다.

　태극기는 어느 특정한 정파의 로고나 상징물이 될 수 없다. 편 가르기에 동원된 태극기는 국기國旗가 아니라 정치 선동의 도구로 전락한 깃발일 뿐이다. 국기國旗를 깃발로 흔들어대다가 급기야 한 나라의 국기國基가 흔들리고, 깃발은 일회용 소모품이 되어 거리에 내동댕이쳐 밟히고 찢어져서 쓰레기장으로 내다 버려진다. 태극기는 대한민국이다. 나라를 구겨서 쓰레기통에 버릴 참인가? 뜬금없이 따라나선 미국 성조기星條旗 또한 미국이란 나라다. 두 나라를 같이 짓밟고 찢을 참인가?

특정인들이 태극기를 점유하고 사용하기를 고집한다면 태극기의 이미지가 더 훼손되기 전에 나라의 국기를 바꾸어야 할 것이다. 국기를 특정 집단의 시위용으로 사용되는 것을 크게 걱정하고 있다, 태극기를 들고 설치면 애국자가 되고 그렇지 않으면 세상 물정도 모르는 청맹과니라는 이분법의 표시가 되어서야 할인가? 장소와 용도를 잘못 만난 태극기는 단순한 깃발일 뿐이다. 더하여 미국 성조기도 사전 허락 없이 시위에서 깃발로 사용하는 것도 금해야 한다. 성조기 함부로 흔들고 뛰쳐나온다면 미국이란 나라가 우리나라 정당 정치에 깊게 관여하여 내정간섭이나 하는 듯 충분히 오해받을 수 있기 때문이다.

나는 국경일에 우리나라의 국기國旗를 다는 사람은 존경한다. 대문간에 게양한 태극기는 나라를 위해 목숨 바친 거룩한 희생에 대한 현양顯揚이며 휘날리는 태극기는 민족혼의 표상이며 나라의 힘이다. 나는 국기를 깃발 삼아 시위하는 것은 혐오한다. 아무리 좋은 나라를 만들어 주겠다는 구호를 외친다 해도 그런 사람들이 만든 세상에서는 살고 싶지 않다. 앞으로도 태극기를 깃발로 삼는 무리의 애국은 모두가 공허하게 들릴 것이다. 태극기로 자신의 주장이 옳다는 것을 포장하려 들지 말라. 진실로 나라를 걱정해서 나서는 일이라면 국기國旗를 제자리에 두고 대신 깃발을 들어야 할 것이다. 태극기는 내 편도 네 편도 아닌 우리 모두의 편이기 때문이다.

관리에서 경영 수준으로

'착한 가게'라고 해서 늘 가격이 착하기만 할까? 장삿속이란 이윤을 남겨야 하는 기술이기에 그 속내는 알 수 없는 일일 것이다. '아름다운 사람들의 모임'이라서 결코 아름다운 사람들만 있을까? 성경 속의 열두 사도조차도 '유다'라는 특이한 존재는 있지 않았던가. 같은 맥락이라면 '정의 연대'라고 해서 정의롭기만을 기대하는 눈높이의 수정도 필요하지 않을까 싶다. 조직명이란 어디까지나 조직이 나가야 할 지향점일 것이니 한 걸음 뒤로 물러서서 그들을 바라보는 시선이 필요하리라.

우리는 조직을 떠나서 살 수 없다. 가까이는 동창회, 동기회가 있고, 등산, 골프 등의 동호 모임도 있다. 필요에 의해 회장, 총무, 감사라는 감투를 만들어 잡무를 떠맡기고 있다. 규모가 작으니 아무도 회장 한번 해 보겠다고 욕심내는 사람이 없다. 조직의 윤활유가 된다는 돈은 허투루 손대는 이도 없으니 치부의 방편이 못 된다. 오히려 감투 탓에 부족한 경비를 보태느라 주머니 털기가 바쁘다. 여기서는 덧셈 뺄셈 정도의 단순 관리능력으로도 충분하다.

'정의 연대'는 '정의'를 기치로 내세운 큰 조직이기에 이름에 걸맞은 기대치가 특별히 있다. 언제부터인가 갑자기 매스컴에 많은 이야깃거리가 쏟아져 나오기 시작했지만 설마 설마하면서 일축해 버리고 있었다. 믿음이 가는 '정의'라는 이름 덕을 볼 때도 있고 손해 볼 때도 있다. 일을 바르게 처리했다는 관리자들의 읍소가 여간 안쓰럽게 보이지 않았다. 공든 탑은 혹독한 평가 앞에 여지없이 무너지고 있었다. 그러나 구성원들의 사회 활동경력이나 인품을 면면히 살펴보니 그중 어느 누구도 나랏돈 축낼 큰 위인은 못 되는 것 같다는 생각이 들었다. 과연 무엇 때문에 저들은 이런 고충을 감내해야만 할까? 아쉬운 마음에 '정의 연대'의 속 사정을 경영 원론을 통해 조명해 보기로 했다.

일반적으로 사용하는 관리라는 말은 주어진 자원의 수동적 운용개념 성격이 짙다. 즉 본인의 의지와는 무관하게 주어진 인적·물적 자산을 근무 기간 동안만 유지·발전시키는 것이다. 쉽게 표현하면 그런대로 잘 꾸려가는 살림살이 같은 것이다. '정의 연대'의 경우는 직원들의 관리 능력은 무난한 것으로 보였다. 관심이 머무는 것은 윗선의 경영능력이다. 잘해 보자는 의지 하나로 신속한 결정을 내리고 주요 사업들을 집행해 왔던 것이다. 회계에 관한한 그 흐름은 늘 투명해야 하는데 그렇지 못했다. 경영능력이 여기까지 미치지 못했다. 중요사안은 의사결정 전 과정에 대한 설명이나 회계 장부를 통해 소통이 되어야 할 것들이 일일이 경영자의 구술에 의지되고 있는 것만 보아도 그렇다. 공론화 과정에서 일어나는 제반 사항을 기록해 놓는 것은 평가를 위한 기초자료 유지이기도 하겠지만 훗날 조직 보호 차원이나 또는 경영자 자신의 자기 방어 수단일 수도 있지 않는가.

관리능력과 경영능력의 분수령은 평가 시스템의 작동 유무이다. 경영능력이란 관리능력에 평가 시스템을 더하는 것이라 말해도 무난할 것이다. 경영의 사이클인 계획, 실행, 평가Plan, Do, See의 과정에서 평가는 마지막 안전장치다. 회계나 재정에 관한 일이라면 정기적으로 회계감사를 받았어야 옳다. 누가 봐도 바른 것이 더 정의에 가깝지 않을까? 내가 옳다고 혼자 결심한 것에는 나의 편견이 작용하여 오히려 자가당착에 빠지기 쉽다. 제 눈에 안경일 수밖에 없기에 백번을 보아도 잘못을 찾아내기가 어려울 것이다.

부분별 관리 능력은 잘 정비되어 있으나 전체를 아우르는 경영관리는 상당히 취약했다. 경영을 잘하고 있다는 칭찬을 듣고 있다는 것은 전혀 영양가가 없는 빈 숟갈을 입에

물고 있는 불행한 일일 것이다. 자주 거울을 들여다보고 화장을 고치는 부지런함도 경영에게 빼놓을 수 없는 덕목의 부분이다.

　조직의 특성상 후일 누구로부터도 잘잘못을 평가받지 않을 것이라 안일한 생각이 그들로 하여금 관리능력 수준에 머물게 했고 또한 경영능력으로의 발돋움을 더디게 했다고 본다. 당장은 세인의 가혹한 여론의 뭇매가 서운은 했겠지만 '정의 연대'로서는 스스로 조직을 정비하는 전화위복의 기회가 될 수 있을 것이다. '정의'라는 이름값을 톡톡히 치르긴 했지만 그들의 조직 속의 지향점은 변함없이 '정의'일 것임을 믿어 의심치 않는다. 조직의 가치가 꺼지지 않는 불로 다시 살아나 그들의 사회활동이 조금도 위축되지 않기를 바라는 마음이 간절하다.

틀리다와 다르다의 용례用例

한국과 미국의 의견이 틀려 난항을 겪고 있다. 이것을 보는 양국의 온도 차가 있어 다소 시간이 걸린다고 한다. 사용한 단어가 '틀리다'와 '다르다'를 썼을 뿐인데 한쪽은 걱정하게 만들고 한쪽은 안도의 한숨을 쉬게 만든다. 미국도 한국도 어느 쪽이 옳고 그름을 말할 수 없는 경우라면 의견이 서로 다른 것이지 서로가 틀리는 것이 아니다. 만약 서로 틀린 의견을 가지고 맞선다면 이는 협상으로 될 일이 아니라 강요나 협박으로 풀어야 할 일일 것이다.

'틀리다'의 경우는 옳고 그르다Right or Wrong고 할 경우다. 부호를 사용해 본다면 틀리고 맞는 일이라면 'X'냐 'O'이다. 수학에서 답은 명확해야 한다. '1kg은 1,000g이다'는 맞고, 999나 1,001g은 틀린다. 자연과학에서는 '틀리다'의 예가 많다. 인문과학에서는 '다르다'가 대부분이다. 다르다는 경우는 맞고 틀리는 경우가 아니라 크기, 모양, 색깔 등이 서로 같지 않다는 말이다. 다르다는 경우라면 영어의 다르다different이다. 사람은 피부 색깔이 서로 틀린다고 해서 차별을 받지 않아야 하는 것은 서로 피부 색깔이 다르다고 해서 차별받지 아니하는 것으로 고쳐 써야 할 것이다. 젊은 이들은 학교 교육에서 구분해서 쓰는 훈련이 되었지만 세대 차이가 날수록 '틀리다'와 '다르다'에 대한 이해도가 낮아 난감해질 때가 많다.

같은 수은주 온도라도 온도계 온도와 사람이 느끼는 온도는 다르다. 수은주 온도보다는 몸으로 느끼는 체감 온도는 주위 환경의 영향으로 달라진다. 겨울철은 대체로 건조한 상태여서 바람의 영향을 중심으로 체감온도를 느끼지만, 여름은 습도가 영향을 미치기 때문에 더 덥게 느끼게 된다. 습기가 없는 건식 사우나의 경우는 잘 견딜 수 있지만, 습식 사우나는 견디기 힘든 이유는 같은 온도일지라도 후자가 체감온도가 높아지기 때문이다. 영하 온도에서 치마를 입고 있는 여성과 바지를 입고 있는 여성이 느끼는 추위는 무려 6도 차이가 난다고 한다. 전자는 영상 2도 후자는 영하 4도로 서로 다르다.

미국 동부에는 100도를 오르락내리락하고 있단다. 이들은 끓는 가마솥을 지고 산다는 말일까? 가마솥더위라는 말이 그래서 나온 것일까? 우리는 물이 100°C에서 끓는다는 것을 배우고 자랐기 때문일 것이다. 사실은 38도 섭씨 Celsius와 100도 화씨Fahrenheit는 같은 온도이면서도 느낌은 서로 다르다. 기후 변화로 인해 우리나라 경우에도 여름철에는 불볕더위 40도가 될 수도 있으니 화씨 100도가 그리 놀랄 일은 못 될 것이다.

기원전과 후, 세기와 시대

　성형수술 광고에 자주 보는 '수술 전'과 '수술 후'의 영향을 받아서인지 몰라도 기원전 기원후에도 Before와 After를 쓰는 오류를 일으키고 있는 이들을 종종 본다. BC에 대한 착오는 드물지만, 기원후에 AC를 쓰는 사람들을 흔하게 볼 수 있다. 아마도 After Christ일 것이라는 선입견 때문이리라. 성형 광고에서 자주 보아왔던 수술 후After에서 오는 착시현상일 것 같기도 하고.

　기원紀元전Before Christ을 BC로 줄이고 '기원후' AD는 Anno Domini를 줄이고 있다. 일상에서 널리 사용되고 있는 약어이니 정확히 알아두자. 여기서 말하는 기원이란 '햇수'를 세는 기준년을 말하고 있으며 이는 곧 '예수 탄생'을 뜻한다. AD는 라틴어로 '주님의 해' 이후라는 의미다.

　간혹 전공 서적에서 CE, BCE라 표기하는 경우를 볼 수 있으나 그리 흔하지는 않다. 기독교 중심에서 벗어나 중

립적인 입장을 취하기 위해 AD 대신에 CECommon Era
'공통 시대'를 쓴 경우다. 당연히 기원전 BC는 BCEBefore
Common Era로 대체하는 경우다. 종교적 의미를 완전히 제
거하기 위해 'Christ' 대신에 'Common Era'로 바꿔놓고
보니 다소 혼란스럽게 만들고 있다.

　연도와 세기에 대한 것도 같이 알아두면 도움이 될 것이
다. 연도와 세기를 계산할 때 전제는 '0'을 기준 하던 숫자의
관행을 버리고, '1'이 기준이 된다는 것이다. 쉬운 예로 지금
우리는 21세기에 살고 있다. 2021년은 20세기가 아니라
21세기이다. 21세기는 2000년 1월 1일부터 2099년 12월
31일까지이다. 1999년은 19세기가 아니고 20세기였다.

　예를 하나 더 들어보자.

　르네상스Renaissance는 1453년부터 로마가 제국군대에
의해 약탈당한 1527년까지로 본다. 이 기간을 달리 표현하
여 15세기에서 16세기에 걸쳐 서구에서는 문예 부흥 운동
이 일어났다고 기술되고 있다.

　위의 1453년이나 1527년은 연도year이고 이는 세기
century는 15세기와 16세기에 해당한다. '0'세기란 없으며
'1'세기부터 햇수를 계산한다. 서양의 세기 표기는 모두 '서
수'로 한다. '0'번째 Century는 세상에 존재하지 않는다.

서력 AD '1'년은 연도year로는 AD 1년이고, 세기로는 1st Century다.

고대, 중세, 근대, 현대 등의 용례에 대해서도 살펴보자. '시대'라는 용어에는 역사의 큰 전환기를 중심으로 같은 성향이 지속하는 기간을 뜻한다. 영어로는 'Ages', 'Period'라고 쓴다. 시대구분을 하는 목적은 역사 서술에서 모든 사건과 인물을 모두 다룰 수 없음으로 각 시대의 특성을 추상화함으로써 그 일반적 성격을 파악하고, 역사의 발전과정을 체계적으로 인식하여 서술하는 데에 있다. 고대, 중세, 근대, 현대의 기준은 학자마다 달리하는 경우가 있으니, 여기서는 복잡성을 줄이기 위해서 중세 하나만 예를 들어 보겠다. 중세는 그리스 로마 세계의 몰락에서부터 르네상스 Renaissance 시기를 거쳐 16세기 초까지의 시기를 말한다.

영시 번역의 어려움

　'책은 사서 읽는 것이 아니라, 있는 것을 읽는 것'이라고 했다. 친구가 일러준 독서 방법이다. 보고 싶은 책, 갖고 싶은 책도 많지만 제대로 읽지 못하고 책꽂이에 자리만 차지하는 책은 얼마나 많은지. 서가에 한 자리를 차지할 정도라면 가치 없는 책은 없을 것이다. 지난봄 선물로 받은 테니슨의 시선집을 뽑았다. 테니슨Alfred Tennyson(1809~1892)은 영국 빅토리아 시대의 계관시인이다. 머리를 식히겠다며 가장 얇은 시집을 택했다가 오히려 짜증 속에 고생해 버린 노역勞役이 되어버렸다.

　예상은 했었지만 테니슨의 시는 생각보다 어려웠다. 영국 계관시인의 작품인데 문단 말석末席에 있는 나 같은 사람이 읽어서 이해된다면 누군들 시를 못 쓰겠는가? 영어 실력은 물론이고 우리말 실력도 없으니 딱한 일이다. 이런 주제에 언감생심 이름난 시인의 작품을 감상하겠다고 마음을 먹다니 출발이 잘못된 것일지 모르겠다. 외국어 시는 종종 우리말 번역 후 우리말보다 더 난해해진다는 것을 알고 있기 때문이다. 시작품詩作品도 수입품이어서 높은 언어의 관세장벽을 통과하느라 주가가 더 높아서일까?

외국 작가의 문학작품을 타국의 언어로 번역한다는 것은 쉬운 일이 아니다. 특히나 시작詩作일 경우는 더 심하다. 시인은 나라마다 제 나라의 정서를 가지고 시를 쓴다. 만국 공통언어란 시도는 있었지만, 성공물은 없다. 만일 있다면 성경의 '바벨탑' 이야기를 고쳐 써야 할 것이다. 국내 작가가 쓴 글이라도 원작자와 의도는 그것이 아니었다는 해명이 얼마나 자주 일어나는가. 작품 세계는 시인 자신의 고유한 영역이다. 글을 통해 원작가의 심중을 알아서 모시기가 어디 쉬운 일이겠는가.

소설일 경우는 지면이 여유 있어 다행이다. 의미의 차이가 나더라도 주석을 달거나 군더더기의 설명을 보탤 수 있다. 그러나 시에는 다르다. 모든 표현은 축약되고 또한 언어는 절약이 되어야 한다. 시어는 은유Metaphor나 형상화 Imagery가 많아 직역을 고집하면 바다로 가야 할 배가 산으로 갈 수도 있다.

모든 표현이 모두 한국어로 번역 가능한 것이 아니다. 고유 명사들을 차치且置하고라도 감정의 표현에서도 마찬가지다. 이런 이유에서 많은 부분에서 의역意譯이 동원되는 것을 피할 수 없다. 이마저도 어려우면 번역자의 제2 창작이라는 마지막 수단을 쓰기도 한다. 번역의 참사慘事가 일어난다.

테니슨의 대표 시 「율리시스」의 시작 부분을 예로 들어 보자.

> 한가로이 빈둥거리는 왕으로서,/ 이 적막한 난롯가, 이 불모의 바위틈에서/ 늙은 아내와 짝해,/ 축적만 하고, 먹고, 자고, 나를 알지도 못하는/ 야만족에게 맞지도 않는 법이나 행하고 있는 것은/ 쓸데없는 짓이다./

> It Little profit that an idle king,/ By this hearth, among these barren crags,/
> Matched with an aged wife, I mete and dole/ Unequal laws unto a savage race,/
> That hoard, and sleep, and feed, and know no me./

테니슨의 시는 원래의 영어문장도 어렵지만, 역자가 번역한 결과물도 이해가 녹록하지 않았다. 호메로스의 '오디세이' 소설을 재미있게 읽은 적이 있었기에 테니슨의 '율리시스'에게도 큰 기대를 했다. '율리시스'는 '오디세이'의 라틴어 이름이다. 그러나 테니슨의 '율리시스' 번역은 시에 대한 흥미를 잃게 했다. 문제점은 예문에서 보는 바와 같이 영어 시어와 한국어 시어의 간격이 너무 넓어 글의 짜임새가 어색하고 산만했기 때문이다.

번역자도 '율리시스'가 외국시가 가지는 은유Metaphor나 형상화Imagery가 많아 단어 이면에 담긴 함의를 알아내기 쉽지 않았을 것이다. 원문에 충실하려다 보니 그 자리에 꼭 알맞은 한국어를 찾아내야 하고, 서양 운율에다 우리들 취향에 맞는 장단을 맞춰 넣어야 하는 노고도 컸을 것이다. 그러나 결과물은 안타깝게도 서정시집抒情詩集임에도 불구하고 테니슨을 모시고 재미를 곁들인 독서를 하기에는 힘겨운 시집이었다.

이런 제안을 해 본다. 외국어 시에 대한 번역은 한국어 시로 1:1 번역하는 것은 지양止揚하면 좋겠다. 번역자는 번역자대로 힘을 쏟고 독자는 역자의 분위기rapport에 빠져들지 못해 아쉬움만을 남기는 경우가 많기 때문이다. 시적감각을 충분히 전달하기가 불가능하다면 차라리 시의 형식에 매달리지 않기를 권고하고 싶다. 내용 하나라도 제대로 파악할 수 있도록 해설 형식을 갖추어 주면 어떨까. 아무튼 언젠가 한 번 더 테니슨의 작품을 마주할 기회가 있기를 기대하며 가볍게 뽑아 들었던 유명시인의 작품을 무겁게 원래의 제자리로 되돌려놓는다.

아시아계 혐오(차별)에 대하여

　최근 TV 화면에 자주 비추는 아시아계 미국인들의 시위 피켓에 쓰인 문장은 대체로 3가지 종류이다. ① Stop Asian hate. ② Stop A.A.P.I. Hate.(A.A.P.I.:Asian Americans and Pacific Islander). ③ We faced racial discrimination as Asians. 모두 '아시아계 미국인에 대한 혐오를 중단하라'이다.

　먼저 혐오, 증오, 차별 대한 사전적 의미를 살펴보면 다음과 같다. 모두 다 비슷한 내용이므로 복잡성을 피하고자 동의어로 여겨 구분 없이 혼용하기로 한다. 인종적인 차이가 있다는 이유로 벌어지는 한 집단이, 다른 인간 집단을 혐오하는 것이다. 예를 들면 혈통, 피부색 등 생물학적 인종 구분을 하거나 생활의 모든 영역에서 다른 집단을 혐오하는 것을 의미한다. 피부색은 특히 눈에 잘 띄기 때문에 직관적인 차별의 이유로 등장하고 있다.

혐오는 왜 위험한가. 표현의 자유는 모든 사람은 서로를 존중하며 평등한 위치에서 소통한다는 믿음을 전제로 하고 있다. 개인에게 미치는 위험은 소외감·좌절감을 느끼거나 자존감에 상처를 입힌다. 점차 이것이 커져 사회에 미치는 위험으로 변질하여 소수 민족minority은 결국 불평등한 환경에서 살아가게 된다. 인간의 존엄성을 해치고 차별과 폭력이 만연한 불평등 사회로 변질하여버리는 것이다.

근간 미국에서는 연속적으로 아시아계 미국인들에 대한 혐오로 인한 사고가 이어지고 있다. 잘 알고 있다시피 미국은 합중국이다. 50개의 주가 한 국가를 이루고 있고, 다양한 민족들이 인종의 용광로를 이루어 살아가고 있다. 그동안 인종차별에 관한 문제는 주로 피부 색깔에 의한 흑백의 문제로만 인식되어 왔었다. 이는 노예해방과 관련해 남북전쟁이란 내전을 치르기도 하고 겉으로 물리적 통합을 이루어 냈지만, 내부적인 화학적 통합은 풀어야 할 가장 큰 과제로 남아있다. 설상가상으로 지속적인 이민자들의 유입으로 인종의 다양성이 증가하여 인종차별racial discrimination과 혐오hate라는 문제는 미국이란 나라가 존속하는 한 이 문제는 지속할 수밖에 없을 것이다.

미국은 큰 틀에서 흑백 간의 이슈로만 인종 간 갈등을 보고 있지만, 다른 유색인종에 대한 차별은 크게 조명되지 않

164

앗다는 것뿐이지 조용했던 것은 아니다. 특별히 아시아계에 대한 차별은 오래전부터 있었으며, 최초의 차별은 19세기까지 거슬러 올라간다. 1882년, 미국 의회는 '중국인 배척 법中國人排斥法; Chinese Exclusion Act'을 통과시켰다. 특정 민족의 노동자가 입국하지 못하도록 하는 법률은 미국 역사상 최초였다. 중국인들은 1943년 2차 세계대전에서 중국이 연합국의 편으로 간주할 때까지 자유롭게 미국으로 이주하지 못했다. 중국인이 사라진 자리를 차지한 것은 일본인이었다. 그러나 점차 이민자가 늘면서 일본인도 표적이 됐다. 1924년 통과된 이민법은 타 국가 출신 민족의 이민을 제한하면서 특히 일본인의 이민을 전면 금지했다. 미국 샌프란시스코 태생의 일본계 한 역사학자가 1968년 '아시아계 미국인'이란 개념을 최초로 제시했고 이는 인위적으로 만들어진 용어였다.

아시아계 미국인들은 소수자이지만, 주류 사회에 편입되기 위해 노력하고, 성실하게 일하며, 실제로 '우대' 없이도 큰 성과를 거두어 왔다. 오랫동안 그들은 자신의 정체성을 내세우지 않았다. 권리를 위해 행진하거나, 집단행동을 시도하지도 않았다. 대부분은 그저 열심히, 남들이 하지 않는 어려운 일도 도맡으며, '아메리칸 드림'의 실현을 위해 노력했다. 아시아계 미국인은 오랫동안 미국 사회에서 모범적인 소수 민족으로 여겨 이들을 가리켜 'Model minority'라고 불리고 있었다.

그러나 근간에 일어나고 있는 일련의 일들은 아시아계 미국인들에게도 점차 예외가 될 수 없다는 점에서 큰 우려를 낳고 있다. 2021년 3월, 조지아주 애틀랜타에서 백인 남성이 한국계 여성 4명을 비롯해 8명을 총격 살해한 사건과 이를 비롯해 아시아계를 향한 '증오 범죄'가 급격히 늘어나고 있다. 특히나 코로나19의 근원지로 중국을 지목하고 대립각을 세워왔던 전 대통령 트럼프도 나쁜 방향으로 사태를 악화시키는 데 크게 기여했다. 최근 공개된 아시아계 미국인에 대한 혐오 사건을 연구하는 단체인 'Stop A.A.P.I. Hate'의 자료에 따르면 뉴욕, 로스앤젤레스, 시카고, 아틀란타 등 미국 주요 16개 도시의 지난해 혐오 범죄율은 2019년에 비해 6% 줄었지만, 아시아인을 상대로 한 혐오 범죄는 오히려 145%나 급증했다고 한다.*

미국 시민사회에서도 이전의 모범적인 소수민족의 인식을 떨어버리고 아시아계의 목소리를 높여야 한다는 자성의 목소리가 나오기 시작한다. 살아가기 바빠서 여간해서는 참고 견디며 살아가는 것도 좋지만 인간 존엄에 대한 문

---

* 재미한인범죄학회 자료(2021. 4. 12.)

제에까지 다다르면 그것은 올바른 시민사회의 일원으로 사는 방법이 아닐 것이다. 정가에도 아시아계 미국인들의 진출이 늘어남과 동시에 제 목소리를 내고 있고, 교민들은 다양한 분야에서 단단하게 뿌리를 내리고 전문가로서의 활동 영역도 넓어졌다. 이제는 생존에 대한 위협에 직면해서는 그들의 존재감을 나타내야 할 때가 된 것이다. 이런 이유에서 최근 보이는 그들의 혐오를 중단하라는 항의 시위는 늦었지만, 다행한 일이라 생각한다. 경찰의 잔인한 진압에 항거하는 아프리카계 미국인들의 비폭력 시민 불복종 운동 B.L.M.(Black Lives Matter)에 이어 아시아계 미국인들도 자신들에 대한 혐오 범죄를 중단하라는 'Stop A.A.P.I. Hate(A.A.P.I.:Asian Americans and Pacific Islander)' 주장은 지극히 마땅한 권리 주장이 아니겠는가. 만시지탄晩時之歎이지만 다행한 일이다.

절제로 행복을 논하다

Ⅰ. 행복이 뭐기에

몇 해 전 세상을 떠난 요한 바오로 2세 교황은 유언으로 행복에 대해 부탁을 했다. "나는 행복합니다, 여러분도 행복하세요." 얼마 전 정진석 추기경도 선종하기 전 방문자들에게 비슷한 말을 남겼다. "감사합니다. 행복하세요. 행복하게 사는 것이 하느님의 뜻입니다."였다. 그렇다면 행복이 무엇이기에 '행복하게 살겠다'며 자신을 향해 결심도 하고 다른 이를 위해 그것을 빌어주기도 하는 것일까?

행복은 추상명사이다. 결론적으로 행복이 무엇인지 잘 알지 못한다. 분명히 존재는 하나 실체가 없어 만져 볼 수도 눈으로 확인할 수도 없다. 그러나 느낌은 있다. 여간해서는 설명이 어렵다. 누가 뭐라 해도 옳다고 동의를 하면서도 뒷여운을 남기게 된다. 행복이란 무엇입니까 하고 다시 묻는다면? 나는 입을 다물 수밖에 없다. 나도 잘 모른다. 행복은 '옳다' '그르다'는 중간에 있는 모호한 것은 절대로 아니긴 한데도 그렇다.

행복이란 잘사는 것이야, 즐거운 것이야, 좋은 것이야, 풍요로운 것이야, 걱정 없는 것이야, 오래 사는 것이야, 건강하게 사는 것이야, 아니야 건강하게 오래 사는 것이야, 부귀영화를 다 누리는 것이야, 집에 우환이 없는 것이야, 셋방 사는 사람이라면 주인을 잘 만나는 것이야, 살기 어려운 쪽에서는 고깃국에 이밥 먹고 사는 것이야~. 같은 승려라도 티베트 달라이라마의 정의가 다르고, 베트남의 승려 틱 나한의 것이 다르며, 무소유의 법정 스님의 행복이 다르고, 산은 산이요 물은 물이라는 성철 스님의 것이 다르다.

Ⅱ. 절제의 기술로 행복을 찾기*

행복지수 세계 1위를 자랑하는 덴마크의 인문학자 스벤 브링크만Svend Brinmann 교수는 '내려놓는 삶의 즐거움'을 통해 진정한 행복을 찾는 법을 제시하고 있다. 그는 자신의 저서 『절제의 기술』을 통해 '뒤처지는 즐거움Joy of Missing Out'을 가지라고 권한다. 남에게 뒤처지고 흐름을 놓치는

* *『절제의 기술』 스벤 브링크만/강경아 역/다산북스, 2020.

게 두려워 유혹만 계속 좇다 보면 욕망에 휘둘려 결코 행복할 수 없다는 것이다. 그래서 세상에 휘둘리지 않고 내 마음을 지키기 위해 '절제의 5가지' 기술을 제시하고 있다.

브링크만이 말하는 절제는 우리가 알고 있는 '절제' 즉 아끼고 참아내는 그런 의미만을 뜻하지 않는다. 원어는 그리스어의 '소프로시네sophrosyne'*이다. 사전적 의미는 상당히 다양한 뉘앙스를 가진다. 절제 temperance, 중용 moderation, 절약prudence, 순수purity, 예의decorum, 자제 self-control 등을 포함한다. 이 말은 고대 그리스 시민이라면 누구나 반드시 갖춰야 할 품성을 대표하는 말이기도 했다. 모든 사회적, 윤리적 활동에서 절제가 필요했다는 말이다. 번역자는 '소프로시네'를 편의상 '절제'라는 단어로 옮겼기 때문에 행복 이야기와 연결이 부자연스럽게 느껴졌을 뿐이다. 소프로시네는 덕(arete)을 이루기 위한 가장 기본적인 역할을 하는 것이다. 절제의 기술이 곧 소프로시네이다.

** Sophrosyne의 사전적 의미

Sophrosyne (Greek: $\sigma\omega\phi\rho o\sigma\acute{u}\nu\eta$) is an ancient Greek concept of an ideal of excellence of character and soundness of mind, which when combined in one well-balanced individual leads to other qualities, such as temperance, moderation, prudence, purity, decorum, and self-control.

170

● 절제의 기술 다섯 가지

'욕망 줄이기'다.

하고 싶은 것 다 하고 살지 못한다. 하나의 욕망을 채우고 나면 행복도 잠깐일 뿐 다음 욕망이 기다린다. 결국은 새로운 무언가를 손에 넣기 위해 애쓰게 된다. 이른바 '쾌락 쳇바퀴'를 도는 삶이라 설명했다. 가질수록 행복한 것이 아니라, 더 많은 것을 가지고자 하는 욕심이 기다린다. 우리는 필요하지 않은 수많은 선택지 사이에서 헤매지 말고, 불필요한 선택지는 과감히 내려놓을 줄 알아야 하겠다.

'진짜 원하는 것 하나만 잡기'다.

자신이 마음 쓰는 것 여럿 중 한 가지에만 집중해서 다른 것들을 놓아버리는 것이 마음의 순결을 지킬 수 있다. 욕심을 부려 전부 다 가지길 원할수록 삶은 장황해지고 너저분해질 수밖에 없다. 저자는 시인 피트 헤인Piet Hein의 〈다 바라지 말아야 한다〉라는 시를 인용한다.

"다 바라지 말아야 한다./ 너는 그저 한 부분일 뿐./ 너는 세상 속 한 세상만을 소유한다./ '그 세상'을 온전하게 만들어야 한다./ 단 하나의 길을 선택하라./ 중략

'감사하고 기뻐하기'다.

윤리적 관점에서 타인과 맺는 관계를 다룬다. 우리는 소중한 다른 누군가를 위해 기꺼이 무언가를 내놓고, 그들의 삶과 밀접하게 서로 연결되어 있다는 것에 감사해야 한다. 무조건 최고만 좇고 그 외의 것은 전부 무시한다면 결코 행복해질 수 없다. 오히려 '최고'만 바라보는 삶은 우리를 절망으로 이끌 때가 더 많다.

'단순하게 살기'다.

여기서는 절제의 사회적, 정치적 측면을 다룬다. 우리는 그럭저럭 만족하며 살아가는 법을 배워야 한다. 19세기 중반 미국 월든 호숫가에 작은 오두막을 짓고 소박한 삶을 실험했던 헨리 데이비드 소로를 예로 들고 있다. 소로는 단순한 삶을 옹호한 사람 가운데 하나다. 그 역시 우리가 잘살기 위해 꼭 필요한 것은 매우 적다고 했으며, 불행하게도 인간은 더 많은 것을 소유하기 위해 끊임없이 자신을 혹사하는 존재라고 말했다.

'기쁜 마음으로 뒤처지기'다.

화려한 유행 대신 더욱 단순한 아름다움을 추구하는 것이다. 유행에서 뒤처진 채 약간의 부족함을 즐기는 일도 얼마든지 예술적인 삶의 기술이 될 수 있다. 그는 '뒤처짐의 두려움' 즉 포모FOMO, Fear of Missing Out의 대척점에 있는 '뒤처지는 즐거움', 조모JOMO, Joy of Missing Out를 권한다. 우리는 내려놓는 일을 선택함으로써 남으로부터 뒤처지는 두려움에서 벗어나야 한다.

　브링크만의 위의 주장은 고대 그리스의 스토아 철학 Stoicism과 맥을 같이하고 있다. 우리가 사는 세상은 개인이 바꿀 수 없는 것들이 많다. 그러니 끊임없이 자신을 계발하려고 애쓰는 대신 인생에서 결코 바꿀 수 없는 것들과는 함께 살아가는 법을 배우는 것이 중요하다는 것이다. 마치 노인이 모든 병을 다 고치려고 괴로워하기보다는 어쩔 수 없는 병은 병과 함께 살아가는 수밖에 없지 않으냐는 논리와 같은 말일 것이다. 스토아 철학의 관점은 한계限界를 중시한다. 새로운 정복 과제를 향해 끊임없이 자신을 채찍질하도록 부추기는 대신, 기본적으로 현재 우리가 지닌 것에 감사하고 만족하게끔 만든다. 스토아 철학은 우리 삶에 황홀한 행복Eudaimonia***을 끊임없이 가지고자 욕심내지 않는다.

*** Eudaimonia
　행복 또는 복지로 번역하고 있으나 더 정확한 의미는 '인류의 번영, 융성' 그리고 '신의 가호에 의한 축복'을 뜻한다. commonly translated as 'happiness' or 'welfare', however, more accurate translations have been proposed to be 'human flourishing, prosperity' and 'blessedness'. * blessedness: the state of being blessed with divine favor.

다시 말해 더 크고, 더 좋고, 더 비싸고, 더 많은 것을 바라는 헛된 환상으로부터 우리를 해방해준다. 쾌락의 쳇바퀴를 굴리는 걸 멈추고, 거기서 내려오도록 하는 것이다.

행복지수 세계 1위인 덴마크 대다수 국민은 '삶에 대한 낮은 기대'를 가지고 살기에 행복지수가 가장 높다고 자랑하고 있다. 특히 북유럽에는 '얀테의 법칙Law of Jante'이 유행이다. 이 법칙은 일상생활에서 자신을 생각하기를 '내가 대체 뭐라고?'라는 생각을 바탕으로 자신의 분수를 알아서 자만하지 않는 것이다. 성공에 목매는 일을 천박하다고 여기고 산다. 바꾸어 말하면 성공에 매달리지 않아서 설령 부정적인 결과를 초래하더라도 이를 마주한 심리적 준비를 하고 있다는 말이다.

우리는 주요하지 않은 수많은 일에 마음을 쏟느라 정작 우리가 마음을 써야 할 중요한 가치들을 놓쳐서는 안 된다. 우리는 절제의 기술을 통해 적당히 만족함으로써 유혹과 욕망을 적절하게 통제하는 법과 정말 의미 있는 일에 시간을 쓰는 법을 배울 수 있다. 삶에서 '더 적게 대신 더 철저하게'라는 원칙을 적용하자는 것이다. 그러기 위해서는 외부의 유혹이나 내면의 욕망에 우리 자신이 휘둘리지 않아야하며, 오히려 기꺼이 뒤처지고 더 많이 내려놓을 용기를 가져야 할 것이다.

행복에 관한 정의나 주장은 지천에 널브러져 있다. 어느 것을 택해도 정신건강에 이롭다. 행복의 길을 안내한다며 어둡고 음산한 곳으로 데리고 가 우리를 헤매게 하는 일은 없을 것이다. 행복은 언제 누구한테 들어도 좋은 것이라는 생각한다. 솔직히 본인의 서툰 인문학적 지식으로 설익은 주장을 내놓기가 두려웠다. 마침 코로나19로 인해 바깥나들이가 줄어든지라 여유롭게 시간을 가지고 『절제의 기술』을 읽을 수 있었다. 행복한 시간을 가졌었다. 사랑은 추상명사다. 춘향전에서 묻던 "사랑이 둥글더냐? 모나더냐?"의 사랑가처럼, 나는 책의 마지막 장을 덮으면서도 행복에 대해 똑같은 질문을 던지고 있다. "행복이 둥글더냐? 모나더냐?"다. 글을 매듭하면서도 행복 앞에서는 우왕좌왕하고 있음을 솔직히 고백하지 않을 수 없다.

작은 사람 멀리 던지기 대회

- 피터 비에리Peter Bieri 『삶의 격』*을 읽고

　여행하다가 우연히 마주친 풍물風物 거리에서 철학적인 영감을 얻어 인간에 대한 품격 있는 삶과 존엄한 삶의 모티프를 생각해 보고 있다. 그는 전 대학교수로 철학을 강의했으며 지금도 인간의 정신세계, 철학적 인식의 문제 등을 연구하고 있는 피터 비에리Peter Bieri 박사다. 그는 『삶의 격』에서 존엄성을 지키며 살아가는 방법을 논하기 위해 여러 가지 예를 들어가며 인간의 존엄에 대해 살펴보고 있다. 일반적인 철학서와 달리 서양 고전 문학과 영화, 그 등장인물 간 가상의 대화 및 논쟁을 예시로 들면서 줄거리나 배경을 자세히 설명해주기 때문에 특별한 예비지식 또는 철학적 바탕없이 흥미진진하게 따라 읽을 수 있다.

　저자 Bieri는 인간으로서 살아야 하는 삶이라는 것이 진정 무엇인가? 삶에서 우린 무엇을 기대할 수 있는가? 그리고 그 기대를 우리는 어떻게 이해해야 하는가를 알려주고 있다. 『삶의 격』, 이 책은 한편의 삶의 이론을 펼치고 싶은 의도를 가지고 쓴 글이 아니다. 옳다 그르다며 본인 주장을 내세우는 자세도 가지지 않는다. 인간 삶에 관한 전체적이고 종합적인 사고를 해 보는 연구의 장으로서 독자들이 한 번쯤 생각하고 넘어갔으면 좋겠다는 성찰의 계기를 마련해 주고 싶어 하는 것이다.

소개하고 있는 많은 이야기는 저자가 읽었던 작품 속의 주제이기도 하고, 사회적 논쟁거리가 된 사안들을 토론의 장으로 끌어들여 심도 있게 다루기도 했다. 그러나 모든 예제는 모두 인간의 존엄을 어떻게 지키게 할 것인가에 귀결시키고 있다. 이 중 한 가지 인상에 남기도 하고 비중 있게 다루어진 것이 있으니 그것은 작은 사람 멀리 던지기 대회Dwarf-tossing competition에 관한 이야기다. 이 용어마저 신체적 장애를 가진 자에 대한 격을 생각해서 품위를 떨어뜨리는 표현을 반복하지 않기 위해 아랫줄부터는 원어 'Dwarf'로 대용代用하게 됨을 양해해 주기 바란다.

작은 사람 멀리 던지기 대회dwarf-tossing competition에 관한 Bieri 와 Dwarf의 대화 소개

Bieri : 어떻게 참으셨습니까!

Dwarf : 아무것도 아닌데요, 뭘. 푹신하게 떨어지니까요.

Bieri : 그런 얘기가 아닙니다. 위험하지 않으냐는 말이 아니예요.

Dwarf : 그럼 뭔데요?

Bieri : 존엄성요.

Dwarf :무슨 소리죠?

Bieri : 마치 물건처럼 사람을 던지니까 드리는 말씀입니다.

Dwarf : 가끔 애들을 던지기도 하잖아요. 그러면 애들은 좋아하고 소리 지르고 난리죠.

Bieri : 그건 다른 이야깁니다. 아이들은 단순한 물건으로 던져지는 게 아닙니다. 재미를 느끼게 해줘야 할 존재로 던져지는 거지요. 이런 경우 아이들 자신이 중심이 되고 아이들이 어떤 체험을 하느냐가 중요합니다.

Dwarf : 한마디 할까요. 나처럼 생긴 사람이 돈 벌기가 어디 쉬운 줄 아십니까. 당신 같은 분들이야 무슨 말을 못 하겠습니까. 나는 그 쇼를 위해 자발적으로 나선 겁니다. 던져지겠다고 결정한 사람이 바로 나란 말입니다. 나는 나를 이용하고 조롱하도록 허락하겠다고 결정했습니다. 내가 자유로이 선택한 직업입니다. 내게 존엄성이 훼손됐느니 어쩌느냐고 하시면 곤란합니다. 프랑스 출신의 한 작은 사람은 유엔 법정까지 찾아가서 서커스에서 던지기 경기를 계속할 수 있는 권리를 돌려달라고 싸운 인물입니다. 비록 졌지만요. 인간 존엄성을 손상한다는 이유였습니다.

dwarf : 그 누구도 내게서 존엄성을 빼앗아 갈 수는 없습니다. 그가 무슨 짓을 하더라도 말입니다.

Bieri : 사람들이 당신의 외모를 갖고 오락거리로 삼는 거로 그치지 않고 던지고 놀면서 크게 즐거워합니다. 그래도 괜찮다는 겁니까?

Dwarf : 그것 그 사람들 일이고 나랑은 상관없습니다.

Bieri : 자존심 상하지 않습니까?

Dwarf : 눈 딱 감고 머릿속으로 좋은 걸 생각하지요. 그러면 나중에 아무 일 없었던 것처럼 괜찮아집니다.

세계 작은 사람 멀리 던지기 대회가 있다고 한다. 저자도 깜짝 놀랐다고 하는데, 이것이 논란이 되자 프랑스 법원과 유엔은 판결을 통해 이를 금지시켰다. 인간의 존엄성을 수호하기 위해. 하지만 던져지는 대상인 Dwarf 가운데 한 사람은 유엔 법정까지 찾아가서 서커스에서 던지기 경기를 계속할 수 있는 권리를 돌려달라고 논쟁을 벌였다.

저자 Bieri도 같은 생각이다. 비록 Dwarf의 자유로운 의사로 결정한 것이라지만 그 자유란 다른 선택을 할 수 없는 어쩔 수 없는 상황에서 이루어진 일이라는 것이다. 존엄성을 판단하는 데에는 행위 자체뿐만 아니라 상황도 기준이 된다는 것이다. 한편으로는 행사 참가자는 인간을 수단이나 물건으로 취급함으로써 그의 존엄성을 앗아가는 것은 물론, 그에 그치지 않고 그가 스스로 팔도록 함으로써 존엄성을 스스로 내던지게 만드는 방식으로 그의 존엄을 해치고 있다고 생각했다,

이처럼 존엄성에 관해 저자는 독립성으로서의 존엄성, 만남으로서의 존엄성, 사적 은밀함을 존중하는 존엄성, 진정성으로서의 존엄성, 자아 존중으로서의 존엄성, 도덕적 진실성으로서의 존엄성, 사물의 경중을 인식하는 존엄성, 유한함을 받아들이는 존엄성 등으로 나누어 충분한 사례를 통해 다각도로 설명하고 있다.

존엄한 삶에 대해 세 가지 차원을 제시하고 있다. 남이 나를 어떻게 대하는가, 나는 남을 어떻게 대하는가, 나는 나를 어떻게 대하는가이다. 지켜진 존엄, 손상된 존엄, 잃어버린 존엄, 특히 존엄성이 지켜지지 못할 위기 속에서는 더욱 복잡성을 띤다. 우리가 우리 자신을 보는 태도는 타인을 보는 관점에 영향을 주고, 이것은 다시금 타인이 우리의 존엄에

영향을 끼치는 범위와 정도에 큰 역할을 하게 된다. 존엄이라는 것은 다층적 사건이다.

우리가 살아갈 만한 가치를 발견하지 못한 채 살아간다면 그 인생은 무언가가 부족한 인생이다. 이 상실은 삶을 살아가는 것이 아닌, 그저 참아내는 삶으로서 우리의 인생에 어두운 그림자를 드리울 수 있다. 저자가 제시하는 이러한 세 가지 관점은 특히 개인 대 개인의 존엄성이 서로 충돌하거나 개인과 집단의 존엄성이 충돌할 때 무엇에 우위를 두어야 할지 같은 애매하지만, 흔히 일어날 수 있는 상황에서 유용한 길라잡이가 된다. 비에리가 문학과 영화, 실생활의 풍부한 예를 들어 보여주는 상황에 각자의 삶을 대입해보면 어떻게 행동해야 각각의 경우에 인간의 존엄성을 지켜낼 수 있는지 어렵지 않게 생각해볼 수 있다.

Bieri에 따르면 삶의 모든 측면 또는 단계가 존엄성, 즉 인간으로서의 품격과 관계된다. 저자는 인간의 존엄성을 8가지로 제시한다. 독립성으로서의 존엄성, 둘째는 타인과의 만남에서 비롯되는 존엄성, 사적 은밀함을 존중하는 존엄성, 진정성, 자아존중으로서의 존엄성, 사물의 경중을 구분하는 존엄성, 균형을 잡힌 능력을 키우는 존엄성, 마지막으로 저자는 인간이라는 존재 자체의 유한함을 받아들이는 존엄성에 대해 이야기한다.

아무리 그 존재만으로 존엄성을 가진 인간이라고 해도 인간의 삶은 그 자체가 소멸의 과정이다. 자연적인 노화 외에 질병과 장애 등으로 인간은 언젠가 삶을 마감해야만 한다. 사회적, 경제적 능력뿐 아니라 지력과 정신력도 약해져 간다. 만일 젊은 시절 나를 이루었던 정체성이 해체되어 더 나라고 불릴 만한 것이 거의 남아 있지 않은 치매 환자의 경우, 그 사람은 어떻게 자신의 존엄성을 지킬 것인가, 또 타인은 그를 어떻게 대해야 하는가는 삶의 과정에서 누구나 부딪힐 수 있는 심각한 문제이다.

인간의 존엄성은 고대 그리스 이래로 많은 학자가 매달려온 주제였다. 그리스의 철학자들은 존엄성을 인간이라면 누구나 가져야 하는 평등의 문제로 이야기했고 이후 중세 시대에는 신이 주신 가장 큰 가치로 존엄성이 이해되었다. 근대 들어서는 국가나 사회와 개인의 관계 혹은 인권의 차원에서 존엄성을 바라보았고 최근 들어서는 동물로까지 존엄성의 개념이 확장되고 있다. 책의 서문에서 저자는 이렇게 서술해 놓고 있다.

"사실, 아주 새로운 것은 없었어. 하지만 누군가가 말로 정리해주었다는 점이 마음에 든다. 그리고 사고의 주변에 머무를 뿐 명확하고 뚜렷하게 규정지을 수 없는 것들도 실제로는 아주 많다는 것을 저자가 숨기지 않고 있더라."

182

마지막 장을 덮으며 첫 장에서 저자의 말이 생각나서 되돌아가 다시 서문을 읽어보았다.

---

* 『삶의 격』/ 피터 비에리 지음/ 문항심 옮김/ 은행나무/ 서울/ 2019

당 태종의 『정관정요』를 읽고

● 정치의 요체이다

『정관정요』를 편찬한 이는 당나라 오긍吳兢(670~749)이란 사관史官이다. 정관은 당 태종의 통치 연호(627~649)를 말하며 정요政要는 정치의 요체이니 〈당 태종 정치의 요체〉라 해 두면 쉽게 이해가 될 것이다. 오긍은 당 태종의 사후 50년 후의 비교적 가까운 시대에 살았던 사람이고 더욱이나 그의 직함이 후대 임금의 사간원임을 고려해 본다면 『정관정요』의 내용은 당 태종의 실록에 가깝다고 해야 할 것이다.

● 창업자創業者

당 태종(이세민)은 아버지 당 고조 이연(618~626)을 도와 당을 건국한 창업자지만 건국 과정에서의 현무문玄武門에서 정변(626)을 일으켜 자신의 형이자 태자였던 이건성과 아우 제왕 이원길을 죽이고 차기 황제의 자리를 굳혀 놓았으며 다음 해에 아버지는 아들에게 제위를 물려주어야 했다. 이러한 복잡한 정권교체 과정을 거쳤지만 현명한 신하 위징魏徵, 방현령房玄齡, 두여회杜如晦 등을 임용하여 수시로 절차탁마의 과정을 거치면서 당대唐代에서 가장 영명한 군주로 평가를 받아왔다.

● 성공한 수성자守成者의 길

국가를 새로 세우기가 어려운가, 아니면 세운 것 지키기가 어려운가를 놓고 임금과 신하가 토론을 하고 있었다. 당 태종의 명참모였던 위징이 말하기를 세우기보다는 지키기가 더 어렵다고 주장한다. 이는 집권 중반기에 초심을 잃고 흔들리는 당 태종을 향한 충정 어린 신하의 간언이었다.

정관 10년(636), 당 태종이 시종하는 신하들에게 말했다.

"제왕의 업은 초창草創과 수성守成 중에 어느 것이 어려운가?" 간의대부諫議大夫 위징魏徵이 대답했다. "제왕이 일어날 때는 반드시 쇠란衰亂한 때를 틈타게 되어 있습니다. 저 혼미하고 교활한 자를 엎어버리면 백성들이 즐겁게 추대해주며 사해四海가 그의 명령으로 복귀해 오니, 이는 하늘과 사람이 모두 그에게 주는 것으로서 어려운 일이라 할 수 없습니다. 그러나 천하를 얻고 나서는 그 뜻이 교만과 안일에 빠져 백성들은 조용히 살고 싶어 하는데도 요역徭役을 끊임없이 요구하고 백성들의 삶은 시들어 피폐해져 있는데도 윗사람의 사치는 쉼이 없게 됩니다. 나라가 쇠퇴하고 잔폐해지는 것은 항상 이로부터 시작됩니다. 이로써 말하건대 수성이 어려운 것입니다[帝王之起, 必承衰亂. 覆彼昏狡, 百姓樂推, 四海歸命: 天授人與, 乃不爲難. 然旣得之後, 志趣驕逸. 百姓欲靜而徭役不休, 百姓凋殘而侈務不息; 國之衰弊, 恒由此起, 而斯而言, 守成則難]." 신하의 이러한 간언을 명심하여 초심을 잃지 않았고 당 태종은 당唐을 건국한 창업자創業者에 그치지 않고 이를 지켜내고 뿌리를 내리도록 이끌어간 수성자守成者의 길에서도 성공할 수가 있었다.

● 스스로 반성할 줄 아는 자

당 태종도 자신의 치세 기간이 역사에 남을 성군으로서의 평가받기를 염두에 두고 시작했기 때문에 초반에서 중반까지는 대체로 평가가 후한 편이었으나 정관 11년부터 말기(23년)까지는 교만과 사치가 더하여지고 군자는 멀리하고 소인은 가볍고 편하다 여겨 가까이 두며 사냥을 즐기고 있어 그 끝을 마무리하지 못하는 바가 많아졌다.

다행인 것은 정관 22년(648) 당 태종은 다음과 같이 반성하고 있음을 사관은 기록으로 남겨 놓고 있다.

"나 스스로 재위에 있은 지 오래되어 그동안 선하지 못한

면이 많아졌다. 비단과 주옥의 사치스러운 물건이 내 앞에 자꾸 쌓이고, 궁실의 화려함을 거부하지 못하는구나. 견마와 사냥 매가 멀리서 바쳐오고, 사방으로 놀이 가고 싶은 생각을 떨쳐 버리지 못하며, 맛난 음식을 싫다 하지 않는구나. 이 모든 것은 나의 큰 과실이다."

이렇게 보면 태종은 인간적인 면모를 숨기지 않았던 보기 드문 성군이었다고 할 수 있겠다.

● 물은 배를 띄울 수도, 엎을 수도

정관 6년(632) 태종이 시종하는 신하에게 말했다.

"나는 구중궁궐에 처하여 능히 천하의 일을 다 알 수 없다. 그 때문에 그대들을 포진시켜 나의 귀와 눈으로 삼고 있다. 그러니 천하가 무사하고 사해가 안정되었다고 주의를 기울이지 않는 경우가 없도록 하라. ≪서경書經≫에 가히 사랑한 자 임금이 아니겠으며 가히 두려워할 자 백성이 아니겠는가?라고 했다."

신하 위징魏徵이 말한다.

"신이 듣건대 옛말에 '임금은 배요, 백성은 물이다. 물은 능히 배를 띄워주지만 역시 배를 엎기도 한다[臣又聞古語云 : '君, 舟也. 人, 水也. 水能載舟, 亦能覆舟].'라고 했습니다. 폐하께서 가히 두려움을 느끼신다 함은 진실로 성스러운 그 뜻 그대로입니다."

위증이 옛말을 인용해 당 태종에게 한 쓴소리는 춘추전
국시대 유학자 순자荀子의 책 〈왕제王制〉편에 있는 말이다
[君者舟也 庶人者水也 水則載舟 水則覆舟]. 또한 삼국시대 위나라
왕숙王肅이 편찬한 공자가어孔子家語에도 유사한 말이 있다.
[夫君者舟也 庶人者水也 水所以載舟 亦所以覆舟] 이를 줄여
재주복주載舟覆舟라고 하여 물[百姓]은 배를 실어 가기도 하
고 뒤집기도 한다고 했다.

● 토론과 소통을 중하게 여기다

태종은 신하들과의 자유분방한 토론을 통해 올바른 소리
를 들을 수 있었다. 이는 당 태종이 아랫사람들의 말에 경청
할 수 있는 겸손의 자세가 몸에 배어있었기 때문이었다. 정
관 18년(642) 태종이 신하들과 토론하면서 걸핏하면 지난 일
을 힐난하며 비평했다. 그러자 신하 유계劉洎가 이렇게 글을
올린다.

"제가 듣건대 하늘은 아무런 말이 없기 때문에 귀함을 받
는 것이요, 성인은 말을 하지 않기 때문에 덕이 있다고 여김
을 받는 것이라 했습니다. 노자老子는 '진짜 훌륭한 언변은
마치 어눌한 듯하다'라고 했고, 장생莊生은 '지극한 도는 무
늬가 없다'라고 했습니다. 이는 모두가 번거롭게 말로 설명

하지 않겠다는 뜻입니다. 엎드려 원하건대 이에 웅변雄辯을 줄이시고 호연양기浩然養氣하셔서 책에 쓰인 내용은 간단히 여겨 담담히 글을 즐기시지요."

태종은 직접 조서를 작성하여 신하에게 다음과 같은 답을 주었다.

"근래 담론들이 이토록 번거로운 지경에 이르렀군요. 사물에 경솔하여 남에게 교만하게 군것은 아마 여기에서 비롯된 것인가 합니다. 육신과 정신, 심기가 이렇게 번거롭지 않았을 텐데, 지금 훌륭한 말을 들으니 마음을 비워 고치도록 하겠소[今聞讜言 虛懷以改]."

그 신하에 그 임금이다. 책 좀 읽는다고 지식을 너무 앞세우지 말고, 책 읽으며 여유를 가지고 즐기는 편을 택하라는 충고를 그대로 받아들이며 마음을 고쳐먹겠노라고 약속을 해 주는 임금의 모습을 보면 임금과 신하라고 하기보다는 동료들끼리의 절차탁마의 모습을 보는 것 같아 경이롭기도 하다. 당 태종은 자신의 단점을 고치기 위해 크게 노력하였고, 신하들은 임금이 바른길로 갈 수 있도록 자기의 도리를 다했다.

● 정관정요가 주는 의미

전편全篇을 통해 어느 것 하나 소홀하거나 놓치고 싶은 것이 하나도 없었다. 당 태종과 참모 간의 대화는 쌍방 소통으로 오고 가기 때문에 소疏를 올리는 쪽도, 이를 들어주는 임금도 서로 격의 없는 대화를 나누었다. 무릇 동양 문화에 언급되고 있는 대부분의 문장이 거슬러 올라간다면 공맹孔孟과 백가쟁명을 이론이겠지만 그것을 실무에서 적절히 적용하고 실행에 옮겼으니 『정관정요』는 치세治世의 교과서 같다는 생각이 들었다.

2006년 중국에서 이 책에 대한 재조명으로 당 태종을 중국 역사에서 최고의 본받을 지도자로 그리며 드라마를 방영했다는 이유를 알 것 같았다. 당 태종의 리더십에 대한 가치를 높게 평가했기 때문일 것이리라. 요즈음 같은 세태에 꼭 지도자가 읽어야 책이라고 이야기한다. 틀린 말은 아니다. 그러나 꼭 맞는 말이라고 한정해 두고 싶지는 않다. 지도자가 읽어야 할 책이라기보다는 회사 운영에 관하여 적용할 수도 있을 것이고 가정에서라면 부모와 자식 간에도 적지 않게 도움을 받을 수 있는 한 권의 보기 드문 인문학 서적이라는 것을 강조하고 싶다. 역자의 권두언에서처럼 이 책은 미래의 희망과 긍정을 이야기하기 위해서라도 차근차근 책장을 넘기며 음미해 볼 만한 아름다운 고전이다.

모택동, 지도자의 빛과 그늘

　성공과 실패는 같은 곳에 있다. 모든 성공 요인이 실패 요인이 될 수도 있고 그 역逆도 성립한다. 명령의 일원화一元化로 지시와 복종으로 조직을 이끄는 상명하복上命下服이야말로 군 조직에서는 훌륭한 지휘체제가 될 것이다. 반면 전문성이 필요한 기술이나 과학 분야에 적용한다면 낭패의 원인이 될 수 있다. 상명하복이 곧 맹종盲從으로 변질하여 지도자를 바보로 만들 수 있다. 인구가 많아 인해전술人海戰術을 구사했던 군사 전문가가 정치 지도자가 되어서도 그 미련을 바꾸지 못하고 넘치는 인력으로 자본과 기술을 뛰어넘겠다고 하다가 한 국가를 도탄에 빠지게 한 사례가 있다. 성공으로 이끌어 준 인력에 과신하다 낭패를 당한 모택동毛澤東의 예를 들어 보겠다.

　모택동이 이끄는 공산당은 최초로 군대인 홍군을 조직하여 광저우에 혁명정부(1927)를 수립한 이후 산시성에서 공산정권을 수립(1931)하였다. 이후 500만의 장개석을 패퇴(1949)시키고 중일 전쟁(1937~1945) 때는 400만의 일본군을 상대로 싸웠다. 그뿐만 아니라 한국전쟁(1950) 때 출병한 중공군은 모택동 특유의 전법으로 기술적으로 우월한 미군과 호각互角을 다툴 수 있었다. 사상적으로 각성한 병사들의 자발성과 희생정신으로 무장한 군대는 기술적으로 우월한 적들을 물리칠 수 있다고 굳게 믿었다. 모택동의 불굴 신념과 투지는 중화인민공화국(1949) 수립의 초석이 되었다.

내전을 끝내고 통일된 중국에 있어서 가장 시급한 일은 경제 성장이었다. 중국은 기초적인 사회간접자본을 설립하고 경제를 발전시키기 위해 대약진 운동(1958~1960)을 실행했다. 당시 중국 공산당 지도부는 중앙에서 통제하는 계획경제 시스템하에서 공업생산력을 증강하고자 했다. 이를 위해 농촌의 인력을 동원하여 농촌에서 직접 철을 생산하자는 토법고로土法高爐 운동과 4가지 해로운 생물(모기, 파리, 쥐, 참새)을 없애자는 제사해除四害 운동을 벌인다. 불행하게도 인력은 넘쳤으나 기술력은 형편이 없었으니 기술은 명령으로 해결될 수 있는 것이 아니었다.

"산업화하려면 철이 필요하다. 철은 이른바 산업의 쌀이니까. 당연히 중국은 철이 많이 필요했는데 문제는 철을 만들 제철소가 없다는 거다. 그럼 제철소를 만들어야지."

그런데 제철소 건설에는 엄청난 돈과 고도의 기술력이 필요했고 중국은 두 가지 다 부족했다. 모택동은 기상천외한 철강 생산 증대 계획을 세운다.

"거대 제철소를 세울 수 없다면 마을마다 소규모의 재래식 용광로(이른바 토법고로土法高爐를 만들어라. 그리고 그 용광로로 철을 생산하라."

공학에 무지했던 모택동의 잘못된 첫 출발이었다.

좋은 강철을 만드는 일은 상당히 까다로워서 숙련된 대장장이가 해야 하는데 투입된 사람은 대장간에서 하는 일이 뭔지도 모르는 일반 사람들이었다. 관리들은 목표한 생산량을 달성하기 위해 양철지붕도 뜯어 녹이고, 인민공사에서 음식이 제공되니 식기는 더 필요 없다며 식기와 식칼도 녹이고, 나중에는 농사지을 농기구까지 녹여댔다. 그러나 결과물은 성한 철 녹여서 쓸 수 없는 불량 철을 만들어냈을 뿐이었다. 설상가상으로 이 용광로의 사용할 코크스cokes가 없으니 나무로 대신했다. 산들은 죄다 민둥산이 되어버렸다. 그 때문에 홍수와 산사태가 잦아서 농사에 극심한 타격을 주게 된다. 상명하복上命下服은 군에서나 필요한 절대 요소이다. 영명한 지도자의 모습은 그만 웃음거리가 되어버렸다.

또 다른 한 예로 농촌을 시찰하던 중 모택동은 참새를 보고 진노震怒했다.

"감히 인민이 먹을 곡식을 먹어 치우다니."

그 뒤 모택동은 참새가 일 년 동안 먹어 치우는 곡식의 양을 계산하라는 명령을 내리고 다음과 같은 보고를 받는다.

"참새 때문에 매년 70만 명분의 한 해 양식이 사라집니다."

70만 명분의 양식이란 통계수치에 놀란 모택동은 다음과 같은 명령을 내린다.

"사해四害(참새, 들쥐, 파리, 모기)를 박멸하라."

그러나 이 네 가지 중 들쥐, 파리, 모기는 아무리 잡아도 끝이 없었다. 모택동은 구체적 성과를 낼 수 있는 참새 박멸에 초점을 맞추었다. 1958년 모택동은 베이징에 참새 섬멸 총 지휘부를 신설하여 참새와의 전쟁을 시작했다. 결국 참새는 멸종 직전까지 갔다. 참새가 사라지자 1959년부터 중국에는 해충들이 많아지기 시작했다. 그리고 1960년에는 메뚜기의 대습격이 일어나 전체 쌀 생산 추정량의 절반이 사라졌다. 생태학에 무지했던 모택동의 영명한 지도는 큰 상처를 입어 모택동은 국가주석 자리에서 스스로 사임(1962)하고 말았다.

모택동은 중화인민공화국(1949)을 수립한 후 실행했던 대약진 운동(1958~1960)의 실패로 잠시 실각했지만, 문화대혁명(1966~1976)으로 다시 권좌에 복귀하게 된다. 문화대혁명

운동은 모택동이 중국 혁명정신의 재건을 위해 추진한 대격변이다. 소련의 혁명이 잘못된 길로 접어들었음을 확신한 모택동이 소련식 사회주의 건설 노선을 따라갈지 모른다는 두려움과 주석 자신의 위치에 대한 우려 때문에 역사의 흐름을 역류시키고자 중국을 혼란 상태로 몰아넣었다. 학교를 폐쇄하고, 홍위병에게 전통적인 가치와 부르주아적인 것을 공격하게 했으며, 당의 관료들을 공개 비판함으로써 그들의 혁명성을 점검했다. 운동은 신속히 확대되었으며, 수많은 노인과 지식인들이 학대받고 많은 사람이 죽임을 당했다.

모택동 사후 중국 공산당은 과거를 정리하면서 "'영도자'가 '착오'로 발동하고, '반혁명집단'에 의해 이용당하여, 당과 국가 및 각 민족의 인민들에게 엄중한 재난을 가져온 내란"으로 징의했다. 여기서 '영도자'는 모택동이며, '착오'는 당시 당정 중앙은 물론 사회 각 부문에서 자산계급이 잘못 판단한 것을 의미하며, '반혁명 집단'은 모택동의 권위에 기대어 과격한 노선과 폭력을 일삼던 4인방(왕홍문王洪文, 강청江靑, 장춘교張春橋, 요문원姚文元 무리를 지칭하며, 모택동과 4인방 세력의 폭압에 의해 기존의 당권이 와해하고 수년간 사실상 무정부 사태로 놓였던 상황을 '내란'이라 표현한 것이다. 1960년~1970년대는 전 세계 대부분 국가가 급속히 경제를 성장시키면서 국부와 국력을 신장시키던 시기였다. 이 중요한 기간 중국은 상반되게도 건국 이래 가장 엄중한 좌절과 손실을 겪고 있었다. 이 좌절을 초래한 인물이 다름 아닌 건국의 아버지 모택동이었다. 이러한 무정부 상태와 테러, 사회적인 마비 현상은 모택동이 사망(1976) 후 종결되었다.

모택동의 공과를 어찌 몇 개의 사안으로 속단할 수 있겠는가? 그렇다 하더라도 인물 전체를 평전評傳한 것에서도 크게 다르지 않을 것이다. 1921년 당원 50명을 대표해서 모택동을 포함한 12명이 공산당을 창당하여 지금은 8천만 명이 넘는 거대한 정당으로 세계에서 가장 거대한 정당이다. 올해가 공산당 창당 100주년이고, 7월 1일 거대한 기념식을 가진 바 있다. 모택동은 지금도 중국(중화인민공화국)을 건설한 국부國父로서 중국 화폐는 모두 모택동 얼굴 하나로 통일되어있고 천안문 광장에는 모택동 주석의 초상화가 걸려있다. 그는 분명 중국 역사에서 몇 되지 않는 중국 본토를 통일한 역사적 인물임엔 틀림이 없다.

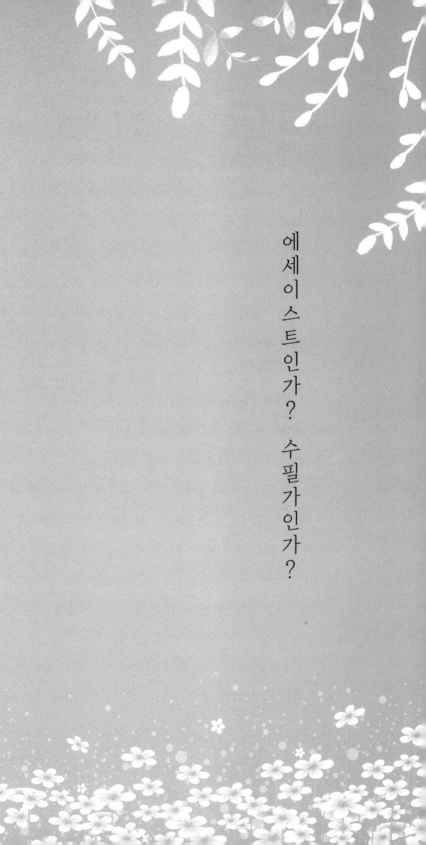

에세이스트인가? 수필가인가?

에세이스트인가? 수필가인가?

한때는 에세이와 수필이 같은 것이라고 한 적이 있다. 영어권에서 에세이Essay라고 부르지만, 한자권에서는 수필隨筆이라고 했었다. 말소리Significant는 서로 달라도 개념Signified은 같다는 주장이었다. 그러나 사실은 그렇지 못했다. 둘은 서로 달라서 에세이와 수필은 구분해 주어야 한다는 주장이 계속되어 왔다. 양쪽이 결(내용)도 다르고 모양도 달라서 둘 사이의 관계설정을 다시 해 놓아야 한다는 주장이다. 글의 기원과 쓰임새도 서로 다르니 에세이와 수필은 하나가 아니라 서로 다른 둘이라는 주장에 무게가 쏠리고 있다. 당신은 에세이를 쓰는 사람인가? 아니면 수필을 쓰는 사람인가? 편리하게 해외로 나갈 때는 에세이스트Essayist이고 국내에서는 수필가隨筆家인가?

에세이와 수필의 관계를 이해하기 위해서 각각의 기원과 그 용례를 살펴볼 필요가 있다. 먼저 영어권의 'Essay' 형성

과정을 살펴보기로 한다. 프랑스의 몽테뉴는 작품집 『Les Essais』를 출간하여 종래의 글쓰기 유형에 개량innovator 과 후원patron 역할을 했다. 몽테뉴가 『Les Essais』 발행했 던 1580년 이전의 글과 이후의 글의 차이는 무엇일까? 그 차이는 별로 없다. 단지 몽테뉴가 자기 자신을 글 재료가 된 글쓰기가 어떤 반응이 있는지를 보기위해 실험적Essais으로 시도해 보았다는 서문에서 밝힌 언급 외에는 별로 달라진 게 없다.

투르농Tournon의 분석에 의하면 그의 수상록은 총 107편 의 작품이 있으나 본인의 자화상에 해당하는 것은 겨우 12 개 정도뿐이라고 했다.* 자주 인용하고 있는 몽테뉴의 서 문은 그가 수상록 1, 2권을 다 쓰고 난 후에 작성했다는 것 을 고려하면 작품집 속의 모든 글이 서문에 부합할 수는 없 을 것이다. 엄격하게 말해 그의 자화상으로 분류할 만한 것 은 별로 없다. 실제로 그의 수상록 속에는 앞서간 사람들의 이야기를 차용한 것들이 대부분이어서 몽테뉴 이전의 옛글 (고대 그리스와 로마 시대)과 큰 차이가 없다는 것을 쉽게 느낄 수 있을 것이다. 그렇다 하더라도 몽테뉴 스스로 "책을 읽는 것은 자료를 얻기 위해서가 아니라 자기가 쓰는 것을

---

* Montaigne en toutes lettres/ Tournon, André / Paris, Bordas, 1989. p.78을 『몽테뉴의 엣세』/이환/ 서울대학교 출판부/ 서울/2004 p.193애서 재인용

'떠받치기' 위해 슬쩍 '훔치는 것'이다."*라고 밝혔으니 이 정도면 자기 자신에 대해 무척 솔직하고 애교스러운 고백이 되지 않겠는가. 아무튼 몽테뉴의 『Les Essais』가 당시 프랑스에서 시쳇말로 인기상품 반열에 오르고, 영국 이탈리아 등 유럽에서 크게 유행이 되어 몽테뉴의 '실험하다Essais'는 단어는 어느덧 'Essay'라는 고유명사가 되어 오늘의 글쓰기 형태에 이르고 있다. 에세이라는 용어는 몽테뉴 이후의 작명作名이지만 이런 유의 글쓰기 형태는 고대 그리스와 로마 시대까지 거슬러 올라간다.

에세이의 기원은 B.C. 369 플라톤의 『대화』를 이런 형태의 글쓰기 기점으로 보고 있으며, 로마의 키케로, 세네카, 아우렐리우스의 철학적인 저술들이 그것이다. 다만 그 이름을 특정하지 않았을 뿐이다. 이후 영국의 베이컨은 그의 저서에서 "면밀綿密하기보다 시사적으로 쓴 짧은 비망록을 에세이라고 말하며 이는 새로운 것이 아니라 옛날부터 있었으며 세네카의 「루킬리우스에게 보낸 서한」과 같은 것이며 이것도 명상록이었다."고 자세한 설명을 곁들여 놓았다. 에세이는 몽테뉴의 '인포멀 에세이informal essay'와 베이컨의 '포멀 에세이formal essay' 두 가지로 나누며. 몽테뉴의 '인포멀 에세이informal essay'는 주로 개인의 사상이나 의사

---

*『몽테뉴의 엣세』/이환/ 서울대학교 출판부/ 서울/2004 p.162

를 명상적으로 표현하여 인생의 내부의 세계를 성찰省察한 데 비하여, 베이컨의 '포말 에세이formal essay'는 그 시대의 청년들에게 처세술을 논하며, 이를테면 우정·결혼·논쟁·학문·여행 등의 외부적·사회적 문제를 논의적論議的 · 객관적客觀的으로 간결체簡潔體를 써서 표현했다. 몽테뉴 형은 주로 생활 경험에 의한 주관적이며 명상적이며 사색적인 글쓰기를 표방하고, 베이컨 형은 시사적이고 사회적인 문제를 주로 다루며 객관적이고 평론의 성격이 농후하다.*

● 동양권(한자권)의 수필隨筆

한자 문화권에 속하는 한국, 중국, 일본 모두 같은 한자 어원인 隨筆을 쓰고 있다. 동양권의 수필 원조는 중국의 경우 홍매洪邁(A.D. 1202년)로 전해오고 있었다. 홍매는 용재 수필에서 수필隨筆은 일정하게 정해 놓은 때가 없이 수시隨時로 필기筆記해 놓는 글[予老去習懶, 讀書不多, 意之所之, 隨即紀錄, 因其後先, 無復詮次, 故目之曰隨筆]로 소개해 왔다.

한편 최근 문헌 조사에 의하면 이보다 200년 앞선 A.D. 1000년 일본의 세이 쇼나곤[淸少納言]의 『마쿠라노 소시[枕草子]』수필집이 발견되었다. 한자권 수필 원조에 대한 정정이

---

*『文學槪論』/ 김원경/ 학문사/ 서울 1994. p.351

불가피하다. 작자 세이 쇼나곤이 궁녀로 일할 때 그때그때 생각나는 소회를 베갯머리에서 적은 글이라는 주석이 달려 있었다. 우리나라는 조선 시대 박지원 A.D. 1780부터이다. 박지원은 『열하일기』 중에서 일신 수필을 소개하고 있다. 〈일신수필駟迅隨筆〉은 '駟'은 '역마', '迅'은 '빠르다'라는 뜻이다. 즉 달리는 말을 타고 가면서 적어둔 글로 소개하고 있다. 살펴본 바와 같이 서양에서 에세이의 역사가 깊듯이 동양권에서의 수필 역사 또한 깊었다.

우리나라의 고대 문학에서도 이미 비교적 수필다운 문학 형식이 발달하였다. 특히 한문학에서는 이 수필을 수록隨錄·잡기雜記·문집文集·패록稗錄 등의 이름으로 불러왔다. 한문수필로는 『서포만필西浦漫筆』, 『다산문집茶山文集』, 『패관잡기稗官雜記』, 『연암집燕巖集』, 『반계수록磻溪隧錄』 등이 모두 수필에 속한다. 국문으로 된 고대 수필로는 『한중록』, 『의유당일기』 등의 서간書簡, 일기체 등은 소설로 보기도 하고 수필로 넣기도 한다. 기원은 길게는 신라 혜초(704~787)의 〈왕오천축국전〉까지 거슬러 올라가며 최치원의 산문, 고려조 이인로의 파한집, 최자의 보한집, 이규보李奎報(1168~1241)의 「백운소설白雲小說」 등을 들 수 있으며 고려 때의 정치가이며 학자·문장가인 이제현李齊賢(1287~1376)에서는 더 구체적이다. 그의 수필집이라 할 수 있는 『역옹패설櫟翁稗說』(1324)

의 서문을 보면 오늘날 우리에 수필에 많이 닮아있다.

"임오년 여름비가 달포 동안 계속 왔다. 문을 닫고 들어앉 았으니 찾아오는 사람도 없어서 답답함을 이길 수 없었다. 처마의 낙수를 받아 벼룻물을 삼고, 벗들 사이에 왕복한 편 지 조각들을 이어 붙인 다음 기록할 것을 닥치는 대로 그 종 이의 배면에 적고, 그 끝에 제목을 붙여 「역옹패설」이라고 한다."*

비록 수필이란 용어를 차용하지 않았지만, 그가 수필의 뜻에 따라 썼음을 알 수 있다.

우리 조상들의 많은 문집은 거의 시와 수필을 곁들인 작 품집들이었다. 근대에는 최남선(1890~1957)의 〈백두산 참관 기〉, 이광수의 〈금강산 기행〉, 이은상(1903~1982)의 〈기행 수필〉을 들 수 있겠다.

한자권의 수필은 형식이 자유로워 다양성을 가진다. 수 상록·서간문·자서전·서평·서문·사설·일기문·시행문·비문 등 자유롭게 가지가지의 글을 위한 형식을 취한다. 글 쓰 는 이가 뜻하는 바를 표현하는 것임으로, 산문 본래의 전달 정신도 살아나야 한다. 자기 고백적 특징으로 있는 그대로

---

*『文學槪論』/구인환 구창환 공저/ 삼영사/ 서울 2002 p.401

를 솔직히 표현해야 한다. 따라서 심경적·경험적·주관적·개성적으로 관찰이나 견해, 인상이나 신념 등 자신의 인격의 전부가 노출하는 결과가 되기도 한다. 잘 쓰면 명작으로 평가받지만 제대로 능력을 갖추지 못하면 어중이떠중이의 신변잡기쯤으로 비난의 대상이 되기도 한다. 수필이 잡다 miscellaneous한 것으로 평가를 받는 이유도 자유로운 형식과 소재의 다양성 때문이다.

문덕수의 수필에 대한 정의를 인용해 보자.

"수필이 고도의 논리를 추구하면 학술논문·비평 쪽으로 가게 되고, 형식에 매이면 시나 소설, 희곡으로 일탈逸脫하게 된다. 수필의 영역은 다양한 장르와 첩경을 이루고 있다. 수필은 일종의 중립지대 또는 완충지대이므로, 그런 영역적 특징을 상실하면 수필의 본성을 파괴하게 된다. 수필에도 논리가 있으나 논리 자체에 집중하면 논리를 바탕으로 한 다른 영역으로 넘어간다."*

수필隨筆에 대한 한글 사전적 의미는 다음과 같다. 우리말 큰 사전에는 '어떠한 주의主義가 없이 생각나는 대로 쓴 글'이라 기술되어 있고**, 국어 새 사전에서는 '그때그때 본 대로 들은 대로 적어낸 글, 또한 그러한 글투의 작품이며 수

---

*『文章講義』/ 문덕수/ 시문학사 / 서울. 1987. p.227
**『우리말 큰사전』/한글학회편/ 을유문화사

필에 다른 이름으로 만필漫筆, 상화想華 등이다.' 라고 기술해 놓고 있다.*

　Essay는 곧 수필隨筆이라는 등식은 문제가 있다. 이는 구한말 최초 번역에서 온 오류였다. Essay는 에세이로 들여오고, 우리 전례前例의 수필은 그대로 존속시켜 두는 쪽을 택했어야 했다. 몽테뉴 형의 Informal essay는 주관적, 서정적인 글쓰기로 우리 수필과 유사한 점이 있으나 베이컨 형의 Formal essay는 사회적인 문제를 다루는 논리적이고 객관적인 글쓰기로 평론에 가까운 글이어서 전례의 우리 수필과는 서로 맞지 않는다. 우리의 시가 영어권의 Poetry요, 우리의 소설이 저쪽의 Fiction이지만 수필이 영어권의 'essay'가 될 수 없는 이유다. '에세이는 곧 수필'이라는 등식은 성립되지 않는다.**

　한자권의 隨筆은 산문에서 서정시적 위치를 차지하고 무형식의 형식을 갖고 있으며 의견표시나 교훈적으로 표현되는 것이 많다. 그때그때 생각날 때마다 수시로 적어두는 글이며 일종의 비망록 성격이 강하다. 수필은 사색의 문학, 관조의 문학, 성인成人의 문학으로 파악하고 인생의 성찰을 요구하기도 한다. 인생의 내부적·영적 문제를 주로

---

*『우리말 사전』/ 동아출판사
**『文章講義』위의 책 p.226

명상적冥想的·설화적·주관적으로 사색하는 쪽이며 객관적, 지적 관심을 가지는 것들이다. 곧 몽테뉴 형의 Informal essay 쪽이다.

베이컨 형의 Formal essay까지 포함시켜 포괄적인 개념의 에세이와 우리의 수필을 하나로 묶을 때 생기는 부작용은 우리의 수필隨筆을 자꾸만 베이컨 형의 Formal essay의 형태로 닮아가기를 강요하는 수단이 되고 있다. 수필은 왜 서정적으로 흘러가며, 신변의 잡기에 매달리고 있느냐며 수필 때리기를 하고 있다. 우리 것에 대한 자신의 자학이요 폄훼貶毁다. 좀 더 시야를 넓혀 사회적인 문제를 논하고 의논적議論的·경구적警句的·객관적으로 귀납하는 논리적인 형태를 취하기를 바라지만 우리 전례의 수필과는 맞지 않는 기준들이다. 베이컨 형의 Formal essay 형태를 의도적으로 한자권의 수필에서 강요하지 말아야 한다.

이러한 불합리한 오해를 바로잡기 위해 '수필隨筆'과 '에세이Essay'를 분리해 줌으로써 제 갈 길을 계속 갈 수 있도록 해 주어야 한다. 그러면 작가들도 자신의 작풍에 따라 에세이와 수필 둘 중 하나를 선택할 여지option를 가질 수 있어 좋다. 에세이스트이든가 수필가이든가 둘 중에서 하나를 택하는 것이다. 시인을 구분하면서 시인·시조시인· 동시 등으로 구분해 주는 것과 같은 이치다. 우리의 수필 문학의 최종 목표는 일본의 하이쿠처럼 우리의 고유한 산문 쓰기로 자리를 잡아가도록 하는 것이지 서양의 에세이 모양을 따라가기가 아니다.

● 수필가는 'Supilist'로

수필 속에 서양의 에세이를 끌어들여 한 지붕 아래 둠으로써 무리한 동거해 왔다. 위에서 살펴본 바와 같이 여러 가지 문제점들이 있었다. 따라서 지금쯤은 분갈이해야 할 때가 되었다고 생각한다. 서구식 에세이를 쓰고 싶은 부류는 'Essayist'가 되고, 한자권의 서정적인 수필을 쓰는 이는 'Supilist'라는 새로운 영어식 표기법을 적용할 것을 제안한다. 어느 쪽이 좋고 나쁘다는 개념을 버리고 둘은 서로 다른 성향의 글이라는 인식을 하고 글을 쓰자.

재미있는 일화를 소개해 본다. 해외여행 시 이민국에서 직업을 물을 때 'essayist'라고 하면 상당히 부담스러운 직업군職業群 취급을 한다. 본인이 신문사에 근무하는 분이거나 잡지사의 주간 정도의 분들에게는 'essayist'가 격에 맞지만 단지 취미생활을 하는 문학인으로서의 수필가 쓰기에는 무거운 감투다. 문학 하는 수필가가 상대국의 사회현상을 비판적인 시각에서 볼 이유도 없고 편향된 선입견으로 무엇을 주장할 만한 위인도 못 된 데 공연한 허세처럼 보이는 것이 어쭙잖은 일이라 생각한다.

영어식 작명으로 'Supilist'라는 새로운 단어로 대체하면 좋겠다. 손쉬운 예를 들면 한국의 특이한 경영형태의 재벌을 영어권에서는 'chaebol'이란 한국어 발음으로 영어표기를 해서 사용한다. (원래 영어에는 conglomerate가 있긴 하나 잘 쓰지 않는다). 또 다른 한 예로 우리 술 막걸리는 'makgeolli'로 표기되어 영어권에서 고유명사화가 되어있다. (raw[unrefined] rice wine; 있으나 잘 쓰지 않는다). 수필도 우리 몸에 맞지 않는 '에세이'라는 옷을 벗고 수필이란 글쓰기를 'Supil'로 표기하는 대담한 용기를 보여야 할 것이다. 아울러 문학 공식 행사 역시 '수필'이란 단어가 공용어가 될 수 있도록 의도적인 운동을 펼쳐 나갔으면 한다. 우리 작품을 여러 외국어로 번역하여 한국수필Korean Supil 이란 고유명사가 되어 해외에 소개될 수 있기를 바란다. 차제에 수필가 명함 뒷면 영어식 표기도 천편일률적千篇─律的인 'Essayist'보다는 'Supilist'로 바꾸는 센스를 권장해 드리고 싶다.